学園王国《スクールキングダム》

加藤実秋

集英社文庫

学園王国
スクールキングダム

1

頭はどいつだ？

顎《あご》を引いて上目遣いに、沙耶香《さやか》は左右を眺めた。

正方形の教室に長方形の机と椅子が等間隔で並び、四十人ほどの生徒がいる。男女半々で、こちらを見て他の子と囁《ささや》き合っている子、沙耶香と視線がぶつかると慌ててそらす子、知らん顔でスマホの画面や手鏡を眺めている子、様々だ。

「という訳でぇ、今日からこのクラスに仲間が増えました」

教卓に手をつき、担任教師が告げる。歳は六十手前。バーコード頭に銀縁メガネ、これといった特徴のない顔立ちで着ているスーツも地味だが、ネクタイだけは明るい黄色地に黄緑のペイズリー柄だ。

「じゃ、所信表明を」

覇気《はき》のない顔で振り向いた教師だったが、

「あ？」

と首を傾け、眉間にシワを寄せた沙耶香に見返され、びくりと体を揺らした。

「挨拶《あいさつ》だよ、挨拶ぅ」

「そんならそうと言えよ。てか、なんでいちいち語尾にちっちゃい『え』だの『う』だの付けんの？」という突っ込みを飲み込み、代わりに舌打ちを一つ。この教師、さっき職員室で聞いた名前は村瀬《むらせ》、国語担当だ。

背筋を伸ばし、沙耶香は前を向いた。足を肩幅に開き、両手を後ろに回して腰の上で組む。いわゆる「応援団《えんだん》立ち」だ。

「大友《おおとも》です。夜露死苦《ヨロシク》」

「露」を巻き舌で言い生徒たちを見回すと、ざわめきが広がった。囁き声と忍び笑いに、椅子が動く音が混じる。

「ざわざわしなぁい……あと大友さん。それ没収ね。学校内には、腕時計以外のアクセサリーの持ち込みは禁止だから」

村瀬が首を回した。視線は沙耶香が両手にはめた黒革の指なしグローブと、腰に垂らしたシルバーのチェーンに向けられている。

「はあ？　アクセサリーじゃねえよ。いざって時に身を守る防犯グッズだ。ほら、小学生のガキがランドセルにブザーをつけてるだろ。あれと同じ」

前の学校でさんざん繰り返してきた言い訳なので、すらすらと出る。村瀬は呆《あき》れて、頭髪とは反対にふさふさな眉を寄せた。

「屁理屈をこねない。校則違反だよ。生徒手帳を渡したでしょうがぁ」

「知らねえよ。校則と記録は同じもんだと思ってるから。その心は、『破るためにある』」

「大喜利《おおぎり》？　とにかく生徒指導室で預かるからぁ」

「ふざけんな！」

食ってかかろうとして、沙耶香は教室の生徒たちの変化に気づいた。みんな呆気《あっけ》に取られた様子で、囁き声も消えている。さすがに気まずさを覚え、仕方なくグローブとチェーンを外して村瀬に渡した。

「あなたの席、あそこだから」

村瀬が真ん中よりやや後ろの空席を指し、沙耶香は足元に置いたスクールバッグをつかんで教壇を降り、机と机の間の通路を歩きだした。傍らの席で、まだ目と口をぽかんと開けたまま見ている男子がいたので、ガンを飛ばしてやった。

「ダサっ」

笑いを含んだ女の声が耳に届いた。立ち止まり、沙耶香は首を回した。

「んだと、コラ！」

再び、教室内に静かなざわめきが起きた。

廊下に面した壁際の一列。後ろから三番目の席の、痩《や》せた背の高い女子だ。顔を背けるようにして後ろの席の女子と話しているが、間違いない。沙耶香が歩み寄ろうとした刹那《せつな》、黒板の上のスピーカーからチャイムが流れた。

「朝のホームルームは終わり。後はよろしくぅ」

逃げるように村瀬が出て行き、生徒たちも一斉に立ち上がった。

授業開始まで少し間があり、校内は騒がしくなった。二年C組も生徒たちがお喋《しゃべ》りしたり、歩き回ったりしている。沙耶香は自分の席にふんぞり返り、脚を前に投げ出して座っていた。

頭はどいつだ？

さっきと同じ疑問が浮かんだ。胸の前で腕を組み不機嫌そうな顔をつくりながら、横目で教室内を覗《うかが》う。

男女それぞれにいくつかのグループがあり、各所に集まっている。茶髪や化粧、ピアスなどハデめな子もいるが、わかりやすくいかつかったり、物騒なオーラを発したりしている子はいない。沙耶香に声をかけてくる子も皆無だが、ちらちらと見られるのを感じた。視線の意味は驚き、嘲笑《ちょうしょう》、怯《おび》え、好奇心……。

濃紺のブレザーに白いワイシャツと臙脂《えんじ》のネクタイ、紺地に緑のタータンチェックのプリーツスカート、濃紺のハイソックス。身につけている制服は他の生徒と同じだ。しかし沙耶香はワイシャツのボタンを外してネクタイをゆるめ、ブレザーの袖《そで》は二つ折りにして、紫のヒョウ柄の裏地を覗《のぞ》かせている。スカート丈は他の女子生徒が膝上なのに対し、足首が半分隠れる超ロング。毛先をすいたミディアムショートの髪は金色に近いライトブラウンで、唇には黒い口紅を重ね塗りしていた。

「どヤンキー。あり得なくない？」

また女の声がした。沙耶香は素早く体を起こし、振り返った。

教室後方の窓際に、十人ほどの男女が集まっている。みんなハデめで、真ん中にさっきの痩せた女子がいた。毛先を軽く巻いたダークブラウンのロングヘアで色白、はっきりした目鼻立ちの美人。しかし、頬《ほお》に入れたオレンジのチークは明らかに濃すぎる。

立ち上がり、沙耶香は女子を見据えた。

「ざけんなよ！　私は」

「大友さん」

後ろから明るく話しかけられた。振り向くと、男子が一人。すらりと背が高く、手脚も長い。顎の細い顔には、フレームの細いメガネをかけている。

「クラス委員の片岡《かたおか》奏《かなた》です。ようこそ二年C組へ。一時間目は自習だから、校内を案内するよ」

「いらねえ。面倒臭《く》せえ」

「そう言わずに。村瀬先生の言いつけだし、場所を覚えておいた方がいいと思うよ。トイレに体育館、保健室。それと、生徒指導室」

「生徒指導室!? よし、連れて行け。グローブとチェーンを取り返す」

胸に闘志が湧くのを感じながら、沙耶香は席を立った。微笑《ほほえ》んで頷《うなず》き、奏は顔を横に向けた。

「水野萌《みずのもえ》さん」

呼ばれて振り向いたのは、教室の真ん中に集まっている女子のグループの一人。仲間たちの会話には加わらず、手にした淡いピンクのスマホをいじっている。

「えっ、私!?」

心底驚いたような顔だったが、奏は続けた。

「大友さんの隣の席だし、ここがどんなところか、きみならよく知ってるでしょ」

萌は無言。笑顔をキープしたまま、メガネにかかった前髪を払う奏を見返す。いつの間にか教室内はしんとして、みんながこちらに注目している。その視線を気にするように、

「行けばいいんでしょ」

早口で告げ、萌はグループを離れた。沙耶香の方は見向きもしない。

出入口のドアに向かって腕を伸ばして促す奏に、「王子様かよ」と小声で突っ込みを入れながら、沙耶香は歩きだした。萌もついて来る。

三人で教室を出て、廊下を進んだ。

床はビニールタイルではなく毛足の短い灰色のカーペット敷きで、左側三分の一ほどは鮮やかなオレンジだ。片側に並ぶ教室のドアもオレンジで、四角い窓の奥に授業中の生徒の背中が見えた。反対側は窓で、眼下は中庭らしきスペース。ウッドデッキになっていて、数カ所にベンチと色とりどりの花が咲くレンガづくりの花壇、真ん中には小さな噴水もある。

「二階が一年生の教室で、上の四階には三年生がいる。あ、ここは図書室だよ。向こうがパソコンルーム」

隣を歩く奏が片手でメガネのフレームに落ちた前髪を払いながら、もう片方の手で足元や天井、傍らのドアを指して説明する。

「あっそ。で、生徒指導室は？」

あくび混じりに指された方をチラ見し、沙耶香は返した。

つくりと広さは沙耶香が前にいた高校と似ているが、図書室には外国語の本や雑誌が目立ち、パソコンルームに並ぶ液晶モニターとキーボードは数が多く、どれも真新しかった。

階段で一階に下り、エントランスに出た。広々としていて、スチール製の下駄箱がずらりと並ぶ靴脱ぎ場は吹き抜け。出入口のガラスドアとその上の窓から、日差しがさんさんと射し込んでいる。奥には、ゆるやかなカーブを描く、白くて大きな階段も見えた。

「今朝来た時も思ったけど、ここ、広すぎじゃね？　ひょっとして、体育館も兼ねてんの？」

吹き抜けスペースに出て天井をあおぎ、沙耶香は訊《たず》ねた。興味を惹《ひ》かれ、つい子どものように「あ！　あ！」と声を反響させてしまう。

「まさか。体育館は向こうだよ」

ふっ、と笑い、奏は前進を続けた。沙耶香もエントランスに戻り、歩きだす。萌を探すと、数メートル後ろにいた。さっきから関わり合いたくない、とでも言うように押し黙り、スマホをいじっている。丸い小顔で小動物系のかわいらしさがあるが、体つきとショートボブの髪型も相まって小学生に見えなくもない。

壁がガラス張りの渡り廊下を抜け、体育館に入った。

ワックスで光るフローリングの床に蛍光灯が並ぶドーム型の高い天井は、沙耶香の前の学校と同じだが、二階部分がフロアを囲むかたちで階段状の客席になっている。どこかのクラスが授業中で、濃紺のジャージ姿の女子が壁に取りつけられたバスケットボールのゴールの前で、シュートの練習をしている。

「奥のドアはトレーニングジムとシャワールーム。ここはメインアリーナで、地下には少し狭いサブアリーナもある。で、隣は講堂」

　奏が言う。ボールの音と生徒たちの声がうるさいので、身をかがめ沙耶香の耳に口を近づける格好になる。戸惑って横にずれ、沙耶香は声を張り上げた。

「ジム!?　しかも、体育館と講堂は別なのかよ。すげえな、ここ。なんて学校だっけ？」

「名前も知らないで転校してきたの？」

「文句あるか？」

　斜め下から睨《ね》めつけ、「る」を巻き舌にしてすごむと奏は慌てて首を横に振り、前髪を指で押さえた。

「私立代官山《だいかんやま》学園高等部。大友さんは、公立高校にいたんだっけ。場所はどこ？」

「埼玉《さいたま》」

「なるほど」

「埼玉っつっても、秩父《ちちぶ》や飯能《はんのう》のド田舎《いなか》とは違うぞ。うちの地元は、渋谷《しぶや》や横浜《よこはま》の中華街に電車で直に行けるんだ。しかも、平日の昼間だと三十分に一本の間隔で」

「ジュン先生！」

　鼻息も荒く語り始めた矢先、萌に遮《さえぎ》られた。フロアに身を乗り出し、笑顔で手を振っている。沙耶香も目を向けると、ゴールの下に立つ体育教師らしい女が手を振り返し、歩いて来た。

「おはよう。転校生の案内？　村瀬先生から聞いてるわよ」

歳は三十手前だろうか。黒いナイロンジャージ姿で首からホイッスルを下げ、長い髪を無造作に束ねている。

「うん。アヤカちゃんっていうの。もう仲よしになっちゃった」

満面の笑みで、萌が沙耶香の腕に手を絡ませた。面食らい、沙耶香は振り払う。

「なんだよいきなり。アヤカじゃなく、サヤカだし」

「二年C組の副担任の加藤《かとう》ジュンです。困ったことがあれば、なんでも言ってね」

ジュンが沙耶香の肩を叩《たた》いた。口調と仕草ははきはきとしているが、笑顔は柔らかく優しげだ。つい沙耶香も、「はい」と返してしまう。

もと来た道を戻り、隣の建物に入った。着いたのは横長の広い部屋で、床は白黒モザイク模様のビニールタイルで、横長の白いテーブルと白い椅子が並んでいる。片側の突き当たりはステンレスのカウンターを備えた厨房《ちゅうぼう》、反対側の壁際には食券や飲み物の自販機があった。

「学食か」

漂うカレーの香りに鼻をひくつかせながら、沙耶香はテーブルの間の通路を進んだ。

厨房の中では白い調理着に身を包んだ男女が、忙しそうに働いている。

「カフェテリアね。廊下の先には購買もあって、デニッシュやペイストリーが買えるよ」

語りながら、奏が後をついてくる。「購買」はわかったが、その後のカタカナの意味がわからず、沙耶香は無言で突き当たりまで進んだ。

壁の全面が木枠のガラスの引き戸になっていて、外が一望できる。顔を近づけて眺めると、脇に二年C組のある校舎が見えた。鉄筋五階建ての四角い建物に、四角い窓が並んでいるのは普通だが、窓と窓の間のスペースにコンクリートの細い縦柱が外にせり出すかたちで設置されている。

視線に気づいたらしく、隣の奏が話しだした。

「あの柱は日よけ。校舎は十年ぐらい前に建て替えたんだけど、設計者がうちの卒業生で、在学中に西日が眩《まぶ》しかったのを思い出して付けたんだって」

「ふうん」

沙耶香は視線を横にずらした。

正面には真ん中に大きな樅《もみ》の木が植わった円形の植え込みがあり、それを囲む形で通路がある。周りにもたくさんの建物が並び、二十階以上ある高層ビルや、色褪《あ》せた瓦《かわら》の三角屋根の洋館、ステンドグラスのはまった窓と十字架を載せた高い塔を備えたチャペルなど、古さもつくりもばらばら。その前を小ぎれいな格好をした若い男女が行き交っている。

「向かいの校舎は大学。うちは同じキャンパスに幼稚園から初等部、中等部、高等部、大学、短大があるんだ。それぞれに体育館とかグラウンド、クラブハウスなんかがあって、大学のカフェや図書館は僕らも使えるよ。部活で中等部のグラウンドを借りることもあるし」

滑舌よく丁寧に説明してくれたがスケールが大きすぎ、また「大学」や「大学生」を間近に見るのはほぼ初めてなので、なんの感情も湧かない。「大学生や中坊と、ケンカにならねえのかな」と思うぐらいだ。

体育の授業なのか、植え込みの周りの通路を白い体操服と青いハーフパンツ、スニーカーという格好の小学二、三年生ぐらいの男女が走って来た。通路を一周し、建物と建物の間の通路を戻って行く。通路の脇には、先導役の制服姿のガードマンが数名。沙耶香のいた高校でも、マラソン大会などでは先導役がコースの脇に立ったが、ジャージ姿の、体格はいいが目つきの悪い体育教師で、手には竹刀《しない》または木刀を持っていた。

「勝手が違うと思うけど、すぐに慣れるよ」

言われて、沙耶香は奏を見た。

笑顔と声の明るさは、教室を出た時と同じ。いかにも優等生といった風情だが、相手の表情や気配を読むのが上手《うま》いようだ。眼差しには、嘲笑や怯えといったニュアンスも感じられない。もう一人はどうかと振り向くと、萌は手前のテーブルについてスマホをいじっている。体育館を出るなり沙耶香から離れ、だんまりに戻っていた。

「クラスのみんなも、戸惑ってるだけ。関内《かんない》さんも」

「関内？」

「壁際の席の女子。関内菜央《なお》っていうんだ。きみみたいなタイプは、ここじゃ珍しいから。ワイルド系っていうか、ヤンキー風」

「ヤンキーじゃねえ、ツッパリだ！」

さっき教室で、菜央にできなかった主張をする。きょとんとして、奏はメガネに落ちた前髪の隙間《すきま》から沙耶香を見た。

「知らねえのかよ。これだから都会もんは……どっちも『不良』にゃ違いねえんだけど、向こうが横並びの『絆』がキモ、ってんなら、こっちは完全縦社会の『掟《おきて》』と『面子《メンツ》』が命。たとえばハンパやったヤツにヤキ入れるにしろ、ヤンキーみてぇにいきなりナイフで刺したりなんて絶対やらねえ。事前に先輩が後輩に、きっちりルールを教えてるからな。頭や腹は狙《ねら》わず、背中とか腿《もも》とかのデカい筋肉をぶん殴るんだ。そうすっと命に別状はねえけど、二、三日起き上がれねえぐらいのダメージを与えられる」

「ははあ。相当物騒ではあるけど、貴重な情報をありがとう」

「ところでお前ら、二年C組だっけ？　頭はどいつ？」

奏にさらにきょとんとされ、沙耶香は苛立《いらだ》ってこう続けた。

「クラスを仕切ってんのは誰だ、って訊《き》いてんの。てっぺんに立ってるヤツを確認して、友《ダ》だち《チ》になるか潰《つぶ》すか決めるのが、新参者の常識なんだよ」

「そういうのは、いないいんじゃないかなあ。クラス委員は僕だけど、先生や生徒会との連絡係ってだけだし」

「マジで？　裏番《うらばん》もいねぇの？」

食い下がった沙耶香だったが、奏に、

「裏番？」

と首を傾げられ、面倒臭くなってそれ以上訊くのをやめた。


ドアを開けて玄関に入り、蹴《け》り飛ばすようにして踵《かかと》を潰したローファーシューズを脱いだ。ローファーは、広々とした淡いピンクの大理石張りの三和土《たたき》の隅まで滑っていく。

「ただいま」

声をかけ、沙耶香は左右にドアが並ぶ廊下を進んだ。突き当たりのガラスのドアを開け、リビングに入る。

「おかえり」

奥から、亜樹美《あきみ》が顔を出した。リビングは二十畳以上あって天井も高く、床にはフローリング材が魚の骨のような形に貼られている。傍らの掃き出し窓の外はルーフバルコニーになっていて、パラソル付きの大きなテーブルと寝椅子、バラやチューリップが花を咲かせる鉢植えとプランターがある。高台に建つ五階建てマンションの最上階なので、眺望は抜群で奥のフェンスの向こうには夕陽に照らされた街が広がり、遠くに東京タワーや六本木ヒルズも望めた。

床にスクールバッグを放り出し、沙耶香はソファに歩み寄った。L字型でシンプルなベージュの布張りだが、大人が十人座れそうなほど大きい。向かいには天板が乳白色のガラスの楕円テーブルが置かれ、観葉植物の小さな鉢と雑誌が載っている。部屋の反対側のキッチンに通じるスペースには、大きな木のダイニングテーブルと同じ素材の椅子が置かれ、壁際には大画面のテレビにサイドボード、洋書や花瓶、スタンドなどが並べられたつくり付けの棚がある。

制服のままソファにどすんと腰かけ、足をテーブルの上に投げ出した。自然とため息が漏《も》れ、体の力が抜けた。

「で、どうよ?」

スタンドの明かりをいくつか点《とも》し、亜樹美が隣に来た。体を起こし、沙耶香は隣に向き直った。

「どうもこうもねえよ。校舎は立派だし、生徒も育ちはよさそうなんだけど、妙に取りすました感じでさ。やりにくいったらありゃしねえ」

「仕方がないよ。東京でも一二を争うブルジョア校らしいから」

「アウェー感ハンパねえし、やっていける気がしねえんだけど。なんとかしてくれよ、おふくろ……そうだ。担任教師に電話してくれ。グローブとチェーンを没収されちまったんだ。生徒指導室に行って『他にもピアスとかつけてるヤツがいたぞ』って言ったんだけど、『他の子にも注意してる。親御さんからもう持って来させないって確認を取らない限り、返却しない』の一点張りで」

　髪と同じ色にカラーリングした極細の眉を寄せて訴えた。その肩を、亜樹美が笑いながら叩く。

「生徒指導室ね。うちらの高校じゃ、別名『折檻《せっかん》部屋』だったな。呼び出しくらって行くと竹刀やら木刀片手の体育教師、通称『教職ヤクザ』が待ち構えてて……まあ、代官山学園は、そんなことないと思うけど。ダーリンの母校だし、あんたを転入させるために算段つけてくれたんだから。顔を立てるつもりで、がんばってよ」

「なにがダーリンだよ。『リ』が巻き舌になってるし、ヤンキー丸出しじゃねえか。それに算段って、要は金だろ」

「ヤンキーじゃねえ。ツッパリだ」

たちまち顔を険《けわ》しくして細い肩も怒らせ、亜樹美がすごむ。迫力にたじろぎ、沙耶香はテーブルから足を下ろした。

「ごめん。クラスのヤツらに言われたから、つい」

「格好《ナリ》ばっかり立派で、ケンカさせりゃ一人を集団リンチ、みてぇなガキどもとは違う。一対一《タイマン》の素手《ステゴロ》喧嘩こそがうちらの掟、美学ってやつよ」

言いながら立ち上がり、亜樹美は拳《こぶし》を握って空を睨《にら》んだ。沙耶香のアーモンド形の大きな目と、先がわずかに上を向いた鼻は、この母から譲り受けたものだ。

武闘派のツッパリとして地元でその名をとどろかせていた亜樹美が沙耶香を身ごもったのは、高校三年生の夏。相手は十九になったばかりの地元の暴走族の副総長《そうちょう》だった。

二人は駆け落ち同然で結婚し、沙耶香が誕生。だが夫は定職につかず、酒とギャンブルに溺《おぼ》れて亜樹美に暴力をふるった。ほどなく離婚となり、亜樹美はクラブホステスや生命保険の外交員などをやって沙耶香を育てた。どんなに忙しくても学校の弁当づくりを欠かさず、年中行事にも参加し、同時に「ツッパリ哲学」を叩き込んだ。結果、沙耶香は幼稚園の頃から「ら行」を巻き舌で喋り、「筋《すじ》が通らない」言動をする相手には性別・年齢を問わず抵抗し、「拳で話《ナシ》をつける」のもいとわず、という信条を持つようになった。

だが、沙耶香が高校に入学した去年の春。ゴルフ場のキャディーをしていた亜樹美は、客としてやって来た大友と出会う。五年前に妻を病気で亡くした大友は、亜樹美に一目惚《ぼ》れ。熱烈なアプローチを、「ナメてんの？」と無視していた亜樹美だが、大友の「未来を俺にくれ」というプロポーズに気持ちが一転。ちなみに「未来を～」とは、亜樹美が大好きで「私のテーマ曲」と称する、近藤真彦《こんどうまさひこ》のアイドル時代のヒット曲「ハイティーン・ブギ」の歌詞だ。

そして年末に結婚したのはいいが、大友は長期の海外出張に出かけてしまい、亜樹美と沙耶香が新居であるここ、自由《じゆう》が丘《おか》のマンションで暮らすことになった。

「でもさ、この街はイマイチじゃね？　女子《おんなこ》ども向けの店が多いのはいいとして、売ってる品はどれも気取ってて、地味なクセにバカ高い。ロギャースとか、ファッションセンターしまむらもねえし。どこで雑貨とか服とか、買えばいいんだよ」

口を尖《とが》らせて訴えると、亜樹美も乗ってきた。

「わかるわかる。背中に刺繍《ししゅう》の入ったジャージとかヒョウ柄のニットとか着てる人、まず見かけないしね。でも『郷《ごう》に入っては～』とも言うし、隣の部屋の奥さんが教えてくれた雑誌を読んで、それ風のナリをしてみたんだよ」

手を伸ばし、テーブルの上の雑誌を取る。どれもファッション雑誌らしく、表紙には赤い文字で誌名が書かれ、カジュアルだがこじゃれて高そうな服を着た三十代から四十代の女性モデルがポーズを取っている。

「へえ。がんばってるじゃん」

「でもゴミ捨て場でマンションの奥さん方に会っても、引き気味っていうか、さ～っといなくなっちゃうんだよね。誰もお茶とかランチとか、誘ってくれないし」

　しゅんとして目を伏せた亜樹美を、沙耶香は改めて眺めた。

　毛先を軽く巻いたロングヘアに、ボートネックのボーダーカットソーとスキニージーンズ、上にニットのロングカーディガンという出で立ち。確かに「それ風」だが、長めの前髪の一部を額にすだれ状に下ろし、残りは額の上にトサカのように立て、スプレーで固めている。似たような前髪で特攻服を身にまとい、ウンコ座りでガンを飛ばす亜樹美と友人たちの写真を、アルバムで見たのを思い出す。それでも、意外とナイーブな母親をさらにしゅんとさせてしまいそうで、沙耶香はなにも言えない。

　もっと言えば、このマンションもイマイチだ。部屋の中のものはどれも立派で高そうだが、デザインがそっけなく、沙耶香が好きなアニマルプリントや光り物もない。また洋書の並び順や観葉植物の向きなど、計算し尽くされているようで下手《へた》に動かせないし、モデルルームにいるようでくつろげない。

　大友とは、結婚前に数回会った。歳は祖父と言ってもいいほどで、仕事は複数の会社を経営している、ということしか知らないが、口下手ではにかみ屋、それでいて亜樹美や沙耶香のさりげない発言を覚えていて、「あれはどうなった？」とメールや電話をくれたりする。父親がどういうものか知らないし、「おやじ」と呼ぶのも無理だが、いい人だと思う。なにより、娘の目から見ても亜樹美はきれいになり、いきいきとしている。

亜樹美が顔を上げた。

「とにかく、ツレをつくりなさい。そうすりゃ、なんとかなる」

「簡単に言うなよ」

昼間の出来事を思い出し、沙耶香はまた気が重くなる。引っ越しも転校も言われるがままにしてきたが、前の環境とのギャップは思った以上に大きいようだ。

「男なら彼氏、女なら親友《マブダチ》になればいい。きっかけはなんでもいいの。なんなら、ケンカやカツアゲでもＯＫ」

テンポよくそう続け、亜樹美は再度沙耶香の肩を叩いた。

2

代官山駅を出て、下を東急東横線《とうきゅうとうよこせん》の線路が走る跨線橋《こせん》を渡った。朝のラッシュで、大勢の人が歩いている。ほとんどが、二十代から三十代後半ぐらいの若者だ。みんな小ぎれいだが、ぼさぼさの長髪に青白くこけた頬、鼻の下と顎にヒゲをはやした男や、シャツもパンツも丈が中途半端という格好の女もいて、沙耶香はつい「キリストかよ」

「洗濯に失敗しちゃったか?」などと声をかけたくなる。

　跨線橋の階段を下りて、大通りに出た。学校への道順は覚えていないが、周りに同じ制服を着た男女がいるのでついて行く。

　少し歩き脇道に入った。狭くて曲がった、ゆるやかな上りになっている。東京に来て驚いたのが、坂道の多さだ。自由が丘にも、小さい坂があちこちにある。

　道の両側に並ぶのは、低層のマンションと民家。ガレージに高級外車が並んでいたり、高い塀に防犯カメラを取り付けていたりする豪邸もあった。店もぽつぽつとあるが、一見何屋かわからなかったり、商品の数が極端に少なかったりして、「売る気あんのか?」と問いただしたい衝動にかられる。

　脇道を抜け、また大きな通りに出た。歩道の標識には「駒沢《こまざわ》通り」とある。少し歩くと、歩道沿いに背の高い鉄の格子フェンスが現れた。濃紺のペンキが塗られ、目の高さの格子には、細い鉄柱をアイロンを逆さにしたような形に曲げたものがはめ込まれ、中に王冠形に切り取った鉄板が取り付けられている。どこかで見たと思ったら、同じデザインのワッペンが制服のブレザーの胸ポケットに縫いつけられている。代官山学園の校章だ。フェンスの中は桜並木で、ほとんど葉桜だが、まだわずかにピンクの花びらが舞っている。今日も晴天で、少し暑いほどだ。

　フェンスが途切れ、正門に着いた。入ってすぐのところに扇状の大きな石段があり、昇れば校舎の玄関だ。階段脇の平屋の小さな建物は守衛室で、制服を着たガードマンが前に立ち、生徒に挨拶をしている。沙耶香も「おはよう」と言われたが、制服のデザインが警察官《おまわり》風なので、ついガンを飛ばしてしまう。

下駄箱の前で踵を潰したローファーを、同じく踵を潰した上履きにはき替えた。階段で三階に上がり、廊下を進む。転校生のニュースが伝わったのか、すれ違う生徒たちの視線と囁き合う声を感じた。

開いていたドアから、二年C組に入った。二十人ほどの生徒がいて、顔をこちらに向ける。しかし既に慣れたのか、すぐ仲間とのお喋りを再開して声をかけてくる子もいない。

ふと、黒板横の一角のグループに目がいった。頭と育ちがよさそうな五人ほどの男子で、一人が手にした携帯ゲーム機をみんなで眺めている。端に立つのは奏だ。

「ツレをつくりなさい」亜樹美の言葉が頭に蘇《よみがえ》った。しかし「男なら彼氏」も思い出してしまい、急にどきどきしてきた。

視線に気づいたのか、奏が振り向いた。にっこり笑って手を振られたので、さらに意識してしまい、沙耶香はぎくしゃくと通路を進んだ。と、自分の机になにか載っている。

「なんだこれ」

椅子の後ろに回り、机上を眺めた。

特大サイズのチューブ入り接着剤に、太い油性のペン。どちらも使いかけで、学校の備品だろうか。ピンクのプラスチックボトルもあって、ラベルには「除光液」と書かれている。

誰かが間違って置いたのかと、沙耶香は左右を見た。

「そういうの、好きなんでしょ」

聞き覚えのある声が、後ろの窓際から聞こえた。ハデめの男女のグループがいて、真ん中には菜央。昨日と違い、アイラインとマスカラで飾った目で沙耶香を見ている。オレンジのチークは、今日も濃い。

「いや、別に」

もう一度机上の品を見て、正直に答えた。すると菜央はあさっての方を向き、前髪を搔《か》き上げた。細く白い手首には、文字盤にダイヤモンドと思《おぼ》しき宝石をちりばめた腕時計と、ゴールドのブレスレットがはめられている。

「なにかで読んだわよ。あなたみたいな人は、そういうものの匂いを嗅《か》ぐのが好きだって」

「『クスリに頼るのはハンパ者』ってのが、うちの地元の掟なんだよ。てか、お前どんだけ遅れてんだ？　シンナー遊《アンパン》びとか、いつの時代の話だよ」

薄笑いで返す。たちまち、菜央はアーチ形に整えた眉を吊り上げた。

「遅れてるとか、あんたに言われたくないんだけど。そのヤバい格好、やめてくれない？　クラス全体がダサいと思われちゃう」

「なんだと？」

　昨日の件もあって怒りが湧き、長いスカートの下の脚を動かして歩み寄る。菜央は細い体をくねらせ、素早く仲間の男子の隣に移動した。

「やだ、こわ～い！」

「大丈夫？」

「あり得な～い」

　申し合わせたように、仲間の女子もわめく。

　言い返そうとして、後ろの視線に気づいた。他の生徒が、怯えたような顔でこちらを見ている。奏たちも同じだ。

　バツが悪くなり、また亜樹美の言葉を思い出した。それでも腹の虫が治まらず、沙耶香は声のトーンを落として告げた。

「お前こそ、ヤバいだろ」

「どこが？」

「チークを塗りすぎ。なんとかいう鳥みてぇだぞ……そう！　オカメインコ」

　言いながら、人差し指で菜央の頬を指す。沙耶香の脳裡《のうり》には、全身淡い黄色で頭頂部に長い羽を生やし、頬の部分が丸いオレンジのインコの姿が浮かぶ。窓際の仲間たちが菜央を見る。他の生徒たちも、視線を向けたのがわかった。

ぷっ。黒板の横で、誰かが噴き出した。奏だ。背中を丸め、肩をふるわせている。続いて、「やめろよ」と彼を突《つつ》きながら隣の男子も噴き出し、笑いの波は他の生徒たちにも広がっていった。

「まあ、確かに」

「微妙にな」

つねづね沙耶香と似たようなことを感じていたのかも知れない。最後は、菜央の仲間の男子も薄笑いを浮かべた。

「ひど～い！」

顔を歪《ゆが》めて俯《うつむ》き、菜央が騒いだ。慌てて、仲間の女子が寄ってなぐさめる。壁のスピーカーから、ホームルームの開始を告げるチャイムが流れた。

ホームルームを終え、沙耶香はトイレに行った。用を済ませ廊下を歩いていると、ぱしゃ。後ろでスマホのシャッター音がした。自分に向けられたものと感じ、沙耶香は振り返った。

数人が歩いたり、立ち止まって喋ったりしているがスマホを持っている子はいない。

怪訝《けげん》に感じながらも、沙耶香はその場を離れた。教室に戻る気にはなれず、廊下を進む。図書室のドアが目に付いたので、中に入った。

雑誌や新聞を並べた棚とカウンターの脇を抜け、書棚と窓の間の通路を進んだ。中庭に面していて、生徒たちの声が聞こえてくる。

無人かと思ったが、奥に女子が一人いた。開いた窓の枠に肘《ひじ》をつき、上半身を外に突き出すようにして立っている。近づくにつれ、萌だとわかった。スマホをいじるのに夢中で、沙耶香が横で立ち止まっても気づかない。声をかけようとして、何の気なしに肩越しにスマホの画面を覗いた。

アルバムのアプリらしく、正方形の写真がぎっしり並んでいる。目をこらすと、どれも被写体は同じ人だ。長い黒髪の女で、ジャージ姿のものが多い。

「おっ。お前も写真を集めてんのか」

沙耶香の声に驚き、萌は短い悲鳴を上げた。スマホを抱き、振り向く。

「なによ。覗き見とか、サイテー」

顔をしかめ、スマホをブレザーのポケットに突っ込み、沙耶香の肩越しに周りを窺った。

構わず、沙耶香は続ける。

「私は族車《ぞくしゃ》をコレクションしてるんだ。ロケットカウルに三段シートの激《げき》シブの単車《バイク》を見つけると、撮影させてもらって」

「はあ？　訳わかんない」

突き放すように告げ、萌はドアの方に歩きだした。なぜか顔は真っ赤で、動きもぎくしゃく。怪訝に思い沙耶香が見ていると、ぴたりと足を止め振り向いた。

「写真のこと、誰にも言わないでよ」

ためらいがちながらも、眼差しは真剣だ。

「なんで？　お前、あの教師……ジュン先生だっけ？　好きなんだろ。なら、写真撮ったり眺めたりするの、普通じゃね？　問題あんの？　それに、友だち面《づら》ですり寄ってくる教師はクソだけど、あの先生は本気《マジ》で気さくっぽいし、村瀬の野郎より全然いいよ。お前、いい趣味してるな」

「……ねえ、ボケてるの？　それともなにか企《たく》んでる？」

「企むってなにを？　族車だろうが教師だろうが、好きなものを好きって言ってどこが悪い――」

「し～っ！　とにかく、このことは秘密だからね。あと、私のジュン先生とあなたの族車じゃ、『好き』の意味が全然違う――てか、一緒にしないで」

最後は語気を少し荒らげて告げ、萌はスマホを抱きしめるようにして図書室を出て行った。

3

一週間後。その日、二年C組の三時間目の授業は理科だった。クラス全員がジャージに着替え、カフェテリアの入っている棟の屋上でサツマイモの苗の植えつけをしていた。屋上緑化というやつで、栽培して省エネルギー効果を測定するらしい。

「あ〜あ。なにやってんだよ」

軍手をはめた手を止め、沙耶香は隣を見た。土の入った横長のプランターの前で、ウンコ座りをしている。

無言で、隣の萌がこちらを見た。同じようにプランターの前に座っているが、沙耶香のように脚を大きく広げてはいない。

「サツマイモってのは、葉っぱの付け根の部分を深めに土に埋めると、小さめのイモをたくさんつけるんだ。逆に浅めに埋めりゃ、イモは大きめで数が少なくなる。これは、収穫してみんなで分けるんだろ？　なら、たくさんできるようにしねえと」

言いながら、右手に持った苗を土に掘った穴に置き、左手のスコップで軽く土をかける。萌はうるさげに顔をしかめ、一度植えた苗を抜いた。

「どうでもいいじゃん。なんでそんなこと知ってるのよ。手際もよすぎ」

「地元がサツマイモの産地の近くだからな。校外学習やらイモ掘り遠足やらで、農家のおじちゃん、おばちゃんから叩き込まれる訳よ。いや、私だって今さらとは思ったけど、お前があんまり使えねえからさ」

ぺらぺらと捲《まく》し立て、屋上を見回す。

広く平らなコンクリートの床にプランターがずらりと並び、生徒たちが苗の植えつけをしていた。脇にはワイシャツとスラックスの上に白衣を着た若い男の理科教師が立ち、作業を見守っている。今日も晴天で日差しは強く、みんな軽く汗ばんで照り返しで眩しい。部活で使う帽子をかぶったり、タオルやハンカチを頭に載せている子もいた。「日焼けする」「腰が痛い」を口実に奥の金網フェンスの前に移動し、座り込んだり顔や手に日焼け止めを塗ったりしているのは、菜央たちのグループだ。

「なら、他の子に言ってよ。友だちだと思われちゃう」

苗を持ったまま腰を浮かせ、萌は横にずれた。沙耶香と反対側の隣には、萌が行動を共にしている女子が五人ほど固まっていた。茶髪にしていたり、化粧をしている子もいるが菜央たちほどハデではなく、お喋りしながらも植え付け作業をしている。

「なんでだよ。うちらはツレだろ？　スマホの写真っていう、趣味で結ばれた」

「ちょっと！　やめてよ」

慌てたように苗を手放し、萌が戻って来た。沙耶香は立ち上がって屋上の縁に張り巡らされた金網フェンスに向かった。フェンスの下は校庭、隣には沙耶香たちの教室もある校舎が見える。

「どこかのクラスが体育をやってるんじゃねえか？　新作を撮る絶好のチャンス——」

ふいに違和感を覚え、沙耶香は足を止めて周りを見た。奥の列のプランターで作業をしていたオタク風男子のグループが驚き、カメのように首を引っ込めたが異常なし。フェンスに近づいて校庭や校舎を眺めたが、こちらも異常なしだ。

追いついて来た萌が小声で言う。

「いい加減にして。趣味なんかで結ばれた覚えないから」

「萌ちゃん、どうしたの？」

グループの仲間の一人が問いかけてきた。萌は首を回し、沙耶香に対するのとは全く違う明るい声で返した。

「ごめ〜ん。片岡くんに、大友さんのガイド役を頼まれて」

図書室でのやり取りの後も萌はスマホの写真の件を気にしていて、なにかというと沙耶香のもとにすっ飛んで来る。あの写真のなにが問題なのかさっぱりわからないが、取りあえず亜樹美の指示はクリアできたような気がする。

授業が終わり、更衣室で制服に着替えてから教室に戻った。あと一時間で昼休み。今日のカフェテリアの日替わりランチはなにか隣の萌にしつこく訊ね、イヤな顔をされていると、甲高い声が上がった。

「やだ。ブレスレットがない！」

菜央だ。身をかがめ、自分のスクールバッグや机の中を覗いている。反応し、仲間たちが壁際の席に集まった。

「本当に？　ブルガリのだよね？　ピンクゴールドのやつ」

「入学祝いにもらったんでしょ。ヤバいじゃん」

「マジ？　預けたんじゃないの？」

体育などで教室を移動する際には各クラスに一つあるバッグに貴重品を入れ、係の子が村瀬に預ける決まりになっている。

巻き髪を揺らし、菜央は首を横に振った。

「ううん。お財布と腕時計は預けたけど、ブレスは自分のバッグにしまった。他のものとぶつかってキズがついたらイヤだから。でも、いま見たらなくなってるの」

「ポーチに入れたのかもよ」

机を見下ろし、仲間の一人が言う。菜央ほどではないが、整った顔をしている。やや張り気味のエラがコンプレックスなのか、眉の上でぱつんと切り揃《そろ》えた前髪の両端を長く伸ばし、フェイスラインに垂らしている。

「それはない。バッグの内ポケットにしまったのを覚えてるもん」

菜央はもう一度首を横に振り、机にスクールバッグの中身を出した。何ごとかと他の子とともに見守っていた沙耶香の目に、机上のスマホとヘアブラシ、タオルハンカチなどが映った。続けて菜央がコーチのブランドロゴ入り化粧ポーチをひっくり返すと、リップグロス、マスカラ、ビューラーなどががちゃがちゃと出てきた。

ベース顔の女子がまた言う。

「じゃあ、盗まれたの？」

「たぶん。それしか考えられないし」

「でも誰が」

菜央たちが顔を寄せ合い、小声で話しだした。ちらちらとこちらを見る。すぐに意味を察し、沙耶香は椅子を蹴って立ち上がった。

「ふざけんな！　私が盗《と》ったってのか？」

身を硬くしながらも、仲間の一人が言う。

「だって大友さん、理科の授業の時、遅刻して来たわよね」

「あれは、更衣室の場所がわからなくて」

説明しようとした沙耶香を遮り、男子の一人が口を開いた。

「そう言えばこの人、少し前に菜央に絡んでたな」

「絡んできたのは、そいつだろ！」

顎で菜央を指し、訴えた。菜央はなにも答えず、非難と悲しみの混じった目で沙耶香を見返す。他の生徒たちも囁きを交わしだし、教室に不穏でざわめいた空気が満ちた。

「ったく。冗談じゃねえよ！」

持ち手を逆手で握ったスクールバッグを肩に載せ、沙耶香はわめいた。

「アンパンの一件と言い、なんなんだ、あいつら。なあ、萌」

そう続け、三メートルほど前方を歩く制服の背中に問いかける。沙耶香の勢いと眼光の鋭さに、路肩のチラシ配りの男が差し出しかけたヘアサロンの割引券を引っ込めた。

歩を緩め、萌が振り向いた。

「声がデカい。名前を呼ばないで。てか、どこまでついて来るの？」

「いいじゃねえか、フラフラ歩いてるだけだし。しかし、何度来ても落ち着かねえところだな。センスに合わねえっつうか、私好みの物は全然売ってねえし」

「でしょうね」

冷ややかに返しながら、萌は前を行くグループの仲間に目をやった。みんな楽しげに話しているが、時々怪訝そうにこちらを振り向く。

渋谷・公園通り、午後四時前。ファッションビルやブティック、ファストフードショップが建ち並び、大勢の人が行き来している。

「とにかく、私はやってねえ。あのオカメインコ——菜央だっけ？　確かに気にくわねえけど、カタをつけたきゃタイマン張るし、ちまちま盗みなんかしねえっつうの。でも遅れて屋上に行ったのは事実で、あいつのバッグからブレスを持ち出す隙はあった。疑いを晴らすには、アリバイを証明するか真犯人を捕まえるしか……って、『相棒』か『土曜ワイド劇場』みてぇだな」

状況を忘れ、つい笑ってしまう。萌は知らん顔でスマホをいじっている。歩を早め、沙耶香はその隣に並んだ。

「で、お前の出番だ。いろいろ教えてくれよ。転校したてで、右も左もわからねえ」

「イヤです。関係ないし」

「おい。また同じことを言わせたいか？　うちらはツレだろ。スマホの写真ってい

う——」

「だから、声がデカい！　あ〜、もう……ごめん、先に行ってて。すぐ追い付くから」

じれたように天を仰いだあと、萌は仲間に告げた。沙耶香を引っ張り、歩道の端に移動する。二人でスクールバッグを抱え、ガードレールに腰かけた。

「なにを知りたいの？」

一旦《いったん》座ったあと、沙耶香と少し距離を取って座り直し、萌は訊ねた。制服姿の高校生

はたくさん歩いているが、沙耶香のようなタイプは皆無で一際目立つ。

「まず菜央だ。どんなヤツ？」

「見たまんまよ。顔とスタイルがよくて、性格が悪い。成績もいまいちだけど、自動車メーカーの関内モータースの創業者のひ孫なの。仲間も大地主とか旧財閥とか、うちの学校の中でもずば抜けたリッチとセレブばっかり。あの触角《しょっかく》ヘアの木村《きむら》かすみも、家は銀座《ぎんざ》の老舗《しにせ》の和菓子屋だし」

「触角？　ああ、ベース顔のヤツか。他のグループは？　菜央を嫌ったり恨んだりしてるヤツがいるんじゃねえか」

「さあ。一番目立っているのは菜央たちで、他は横並びっていうか普通。うちらもそうだけど、趣味や部活とかの流れで四人から六人ぐらいのグループに分かれてる。その中で目立つのは……クラス委員の片岡くんかなあ。でも、大学教授の息子で頭もよくて、みんなに優しい人気者だから。菜央も『カナタン』とか呼んで、気に入ってるっぽいよ。かすみとも、親が遠縁らしくて昔からつき合いがあるみたいだし」

奏の名前が出て、図らずも沙耶香の胸はときめく。依然クラスになじめない中、彼だけはすれ違いざまに声をかけたり、微笑んでくれたりする。さっきもブレスの件を「村瀬に話す」と主張する菜央たちに、「怖くなって犯人が返しに来るかも。関内さんももう一度身の回りを調べてみて」となだめてくれた。加えて、沙耶香は自分を「きみ」と呼ぶ男子に会ったのは初めてだ。

動揺を萌に気づかれてはまずい。沙耶香は顎を上げ、素っ気なく返した。

「へえ。親の仕事がなにとか、関係ねえけどな」

「そうだ。うちらの下にもグループがあった。絵に描いたようなキモオタで、誰にも相手にされてないけど。さっき屋上で、大友さんに睨まれて怖がってた連中よ」

言われて、カメのように首を引っ込めていた一団を思い出した。転校初日に、沙耶香をぽかんと見ていた子もいた気がする。

「他のクラスや学年は？　外から忍び込むのは難しいし、校内の誰かの仕業だと思うんだ」

「どうかなあ。うちの学園って、クラス分けはあるし、受験や転校で途中から入ってくる子もいるけど、基本幼稚園から大学まで同じメンバーなのね。みんな顔見知りだし、下手なことを言ったりやったりすると、取り返しがつかなくなっちゃうの。だからつかず離れずっていうか、深入りしないぶん、大きな揉《も》め事もない」

「けっ」

沙耶香は眉を寄せ、舌を出した。萌がきょとんとしたので、こう続ける。

「ぬるいな。上手いも下手もねえ。言いたいことがあるなら言えばいいし、ぶつかりたい相手にはぶつかりゃいい。ただし本気と書いてマジだ。後先考えるな。ノーフューチャー、マイライフ」

「なにそれ。訊かれたから答えただけだし。『ノーフューチャー〜』って、タワーレコードのコピーのパクリじゃん。バカみたい」

ムッとして、萌はガードレールから降りた。バッグを肩にかけて歩きだそうとする。

「待てよ。まだ話が」

ぱしゃ。シャッター音に沙耶香と、萌も振り向いた。大勢の人が行き来しスマホを持っている人もいるが写真は撮っていないように見える。

身を乗り出し、沙耶香は萌の顔を覗いた。

「今の聞こえたよな？　実はちょい前から、誰かに撮影されてるんだ。じっと見られてるような気配も感じるし。菜央たちの仕業じゃねえか？　変な写真を撮って、ネットにバラ撒《ま》くつもりかも」

「かもね。写真をバラ撒かなくても、みんな十分『変』だと思ってる、って気もするけど」

「なんだと？」

「正直、迷惑っていうかそれどころじゃないの」

「どういう意味だよ」

沙耶香が問うと、萌は気まずそうに少し黙ってから答えた。

「新学年が始まってクラス内のグループ分けやカースト、たまり場がなんとなく決まったところなの。そこに大友さんが来ちゃって、みんな『せっかく見えてきた自分の立ち位置や、固まりかけたクラスの空気を乱さないで』って煙たがってるのよ」

「なんだ、それ。空気に煙って、理科の実験じゃねえんだから」

突っ込みながらも、言い分はわからなくもない。沙耶香自身、転校前は幼稚園から高校までずっと地元で、似たようなメンバーと過ごしてきた。どんな空気の教室で、どういう立ち位置をキープするかで「自分」が決まる。それを乱す者は、すべてを失い排除される危険にさらされる。

4

翌朝は、いつもより一時間早く登校した。もちろんブレスを捜すためで、教室や更衣室、女子トイレやカフェテリアなど、菜央が立ち寄りそうな場所を見て回った。

「定価七十三万円!?　マジかよ」

寄りかかっていた椅子の背もたれから体を起こし、沙耶香は手にしたスマホを見た。画面には、ブルガリの公式通販サイトが表示されている。

「だから言ったでしょ。超リッチでセレブなの。そんなの、菜央にとっては輪ゴムに毛が生えた程度よ」

応《こた》えたのは萌だ。教卓の前で身をかがめ、内側の物入れを覗いている。

「すげえな。入学祝いなら私もおふくろからもらったけど、地球儀だったぞ。しかも手づくりで、百均で買ったゴムボールにカラーコピーした世界地図を貼り付けただけ。もちろん、気持ちは嬉しかったけどな——にしてもお前、輪ゴムっておばちゃん臭いな。よく手首に食い込ませてる人、いるよな」

「朝っぱらから呼び出しておいて、なによ。さっさと捜したら？　すぐにみんなが来るわよ」

教卓の向かいの席に脚を組んで座っている沙耶香を睨み、萌が返す。教室はがらんとして、他に誰もいない。途中から萌も合流して調べたが収穫なしなので、二年C組に戻ったのだ。

「わかってるって。でもあれだけ捜して職員室にも届いてねえとなると、やっぱり盗まれたんだよな……そうだ。うちらがいない間に、犯人がブレスを返しに来たかも」

席を立ち、沙耶香は菜央の机に向かった。物入れを覗いて、中の教科書やノートを出す。

「ほら、ね」

前方で、鼻を鳴らす音がした。はっとして見ると、教室のドアの前に菜央がいた。後ろには、木村かすみと仲間の女子二名も控えている。

「カナタンが言った通りね。怖くなって返しに来たんでしょ」

肩にスクールバッグをかけ芝居がかった仕草で胸の前で腕を組んで、菜央が近づいて来た。かすみたちも続く。

「『犯人は現場に戻る』ってやつ?」

「『ふざけんなよ』とか叫んでたくせに」

「それはこっちの台詞《せりふ》だっつうの」

教科書とノートを物入れに戻し、沙耶香は机から離れた。

「バカ、違うよ。早出して捜してたんだ。証人だっている」

弁明し、自分を取り囲むように立つ菜央たちの肩越しに教卓を見た。が、萌の姿はない。いつの間にか窓際に移動してスマホを耳に当て、「そうそう、そうなんだよね～」などと言いながら、笑顔でおばちゃんぽく手のひらを上下させている。フリなのか本当に通話中なのか定かではないが、こちらを見ようともしない。

「無視《シカト》かよ!　なんのために呼び出したと思ってんだよ」

突っ込み、萌に駆け寄ろうとした沙耶香の前に菜央が立ちはだかる。

「まだ言う?　ヤンキーって見た目ヤバいけど、中身はもっとヤバいのね」

「ヤンキーじゃねえよ!」

「はいはい。いいから、ブレスを返して」

「イヤならこっちで調べるわよ。バッグをちょうだい。制服も脱いでもらうから」

高圧的に言ってのけ、仲間の一人が沙耶香に迫り、もう一人も倣《なら》った。怯《ひる》まず、沙耶香は二人を見返した。

「上等だ。後ろめたいことはねえし、身体検査でもなんでもしろ。更衣室に行こうぜ」

「とか言って、移動中にブレスを隠す気でしょ？」

「そうよ。誰もいないし、ここで脱ぎなさいよ」

「バカ言うな！」

驚き、沙耶香は廊下を見た。足音と、男子を含む複数の話し声が近づいて来る気配がある。菜央の仲間たちは無言。目をイヤな感じに光らせ、間合いを詰めてくる。体が勝手に反応し、沙耶香は腰を落として両手を胸の前に軽く上げてファイティングポーズを取った。仲間の後ろから、菜央が冷たく勝ち誇ったような目で見ているのがわかる。

こいつらを倒すのは簡単だ。けど、必ず問題になる。脳裡に亜樹美と大友の顔が浮かんだ。怒りに焦りが勝り、心細いような気持ちもよぎった。

すがる思いで、沙耶香はもう一度萌を見た。スマホを耳に当てたまま、萌もこちらを見ていた。焦りとためらい、怖《おそ》れ。眼差しは揺れている。耐えきれなくなったように、萌が口を開いた。

「なにしてんのよ！」

言葉を発したのは、かすみだった。菜央の脇を離れ、通路を駆けだす。沙耶香たちが目を向けるのと同時に、教室の後ろのドアから廊下に出た。続いて、バタバタという足音、廊下の奥でどすん、がちゃん、と音がした。何ごとかと、沙耶香たちも廊下に出た。

教室から五メートルほど離れた床の上に、人影があった。ブレザーにスラックスの制服を着ている。うつ伏せに倒れ必死に手脚を動かしているが、脇に立つかすみが背中をスクールバッグでバシバシと連打しているので、起き上がれない。

「やだ。石原《いしはら》じゃん」

沙耶香の隣で菜央が言い、人影が動きを止めた。首を捻《ひね》り、こちらを向く。

小太りの男子だ。昨日萌が「キモオタ」と言っていたグループの一人で、転校初日に沙耶香をポカンと見ていた子だった。


フルネームは石原永斗《えいと》というらしく、菜央たちは彼を立たせて教室に連れて行った。かすみ曰《いわ》く、「ドアに変な隙間があるな、と目をこらしたらレンズが見えた」そうで、転倒した永斗の傍らには、ビデオカメラが落ちていた。

しかし自分の席に座らされ、菜央たちに問いただされても永斗は俯いたままで、なにも言わない。そこに他の子たちも登校して来て話は伝わり、教室はあっと言う間に大騒ぎになった。

　永斗が顔を上げたのは、ホームルームが始まる少し前。奏が教室に入って来た時だった。

「どうした?」

　スクールバッグを自分の机に置き、近づいて来る奏に永斗は切羽詰まった目を向けた。小柄だが、よく見ると肩幅など骨格はしっかりしている。地黒で顔立ちもやや濃いめだが、可愛《かわい》いと言えなくもない。

「カナタン、聞いてよ。こいつ超変態。うちらを盗撮してたの」

　少し距離を取って永斗の机の横に立ち、菜央が訴える。周りにはかすみ他二人と、さっき登校して来た仲間の男子もいる。

「なにかの間違いでしょ。永斗とは幼稚園からのつき合いで家も近所だけど、そんなことをするヤツじゃないよ」

「な?」と永斗に問いかけ、奏は前髪を押さえながら首を傾げた。今日も笑顔は爽《さわ》やか、声も優しい。無言だがこくこくと、永斗が頷いた。それを睨みつけ、かすみが言う。

「でも、現行犯だし。見つけたら逃げようとしたのよ」

　手を伸ばし、奏は永斗の机の上からビデオカメラを取った。横には教室に連行された時に取り上げられたスマホもあるが、どちらも「キモい」「シャレにならないものが映ってるかも」と誰も触れずにいた。

奏はビデオカメラの電源を入れ、「僕だけが見て、問題がありそうなら止めるから」と菜央たちに背中を向けて再生ボタンを押した。教室がしんと静まり、みんなの視線が奏に集まる。沙耶香も萌と一緒に後ろの壁際の、永斗たちとは少し離れた場所から奏を見守った。急展開で話の流れに乗れず、さっきからどうしたらいいのかわからない。

「シカトかよ！　なんのために呼び出したと思ってんだよ」

少しして、ややくぐもった声がビデオカメラのスピーカーから流れた。

「え？　私？」

沙耶香が自分を指し、萌やみんなも目を向ける。

「まだ言う？　ヤンキーって見た目ヤバいけど、中身はもっとヤバいのね」

今度は菜央の声。仲間の女子たちの声も続き、さっきしたやり取りが流れた。

「やっぱ盗撮じゃん！　キモすぎ」

眉を寄せて胸の前で腕を組んで左右の二の腕をさするポーズをしながら、菜央がさらに永斗から離れる。他の子たちもざわめき、永斗は再び俯いた。しかし奏は表情を変えず、液晶ディスプレイに目を落としたままだ。巻き戻しボタンを押したのか、別の音声が流れた。

「——なんとかいう鳥みてえだぞ……そう！　オカメインコ」

また沙耶香。一週間ほど前に、教室で菜央と話した時のものだ。沙耶香がはっとしている間に、奏はさらにボタンを押した。

「うちらはツレだろ。スマホの写真っていう――」

「だから、声がデカい！」

今度は昨日の渋谷だ。驚き、萌はなにか言おうとしたが、それより先に奏はまた別の音声を再生した。

「すげえな。入学祝いなら私もおふくろからもらったけど、地球儀だったぞ」

感心半分、呆れ半分といった自分の声を聞きながら、沙耶香はあることを確信した。かすみたちを押しのけ、永斗の前に行く。

「お前、ひょっとして」

「うん。多分そう」

答えたのは奏だ。いつの間にかビデオカメラを置き、永斗のスマホを手にしている。表情を変えずにほっそりした指を動かし、画面を操作した。思わず見入ってしまった沙耶香の眼前に、画面が突き出される。

アルバムのアプリで、たくさんの写真が並んでいた。写っているのは、腕まくりしたブレザーに超ロングスカートの制服姿の自分。ふて腐れたような顔で教室の椅子に座る横顔や、スカートのポケットに手を入れ、肩を怒らせて廊下を歩く後ろ姿、カフェテリアで口の周りをトマトソースまみれにしながら、パスタを頬ばる顔のドアップ……。

スマホを押しのけ、沙耶香は机に手をついて身を乗りだした。のろのろと、永斗が顔を上げる。

「狙いは私か？　シャッター音も、じっと見てたのもお前だろ。どういうつもりだ。ケンカ売ってんのか？」

「とんでもない！　むしろ逆です。ファン、てか、崇拝《すうはい》してると言っても過言ではない」

永斗は勢いよく首を横に振った。目を伏せたままなのに、口調はうわずり気味のハイテンションだ。

「崇拝？　私のどこをだよ。ナメたことぬかしやがると」

「だから、そこです！」

「はあ？」

混乱し、沙耶香は永斗の胸ぐらを摑《つか》もうと伸ばしかけた手を止めた。

「実は僕、『キャラとしてのヤンキー』が大好きなんです。ほら、マンガとかビデオ映画とか、あるでしょ。そこに出てくるヤンキーの、カリカチュアライズされて画一的ながらも類を見ない様式美が――」

「ヤンキーじゃねえ。ツッパリだ」

「そう、ツッパリ。仲間を大事にするのは同じでも、昨今のヤンキー的な横並びの『絆』ではなく、縦社会の『掟』と『面子』を重んじる、ですよね？　いま、勉強中です。参考資料は、このあたり」

言うが早いか、永斗は足元に置いたスクールバッグを取ってファスナーを開け、中身を机にぶちまけた。大量のコミックスで、沙耶香がタイトルを読み取れたものだけで『花のあすか組！』、『ホットロード』、『爆音列島』……。

「……お前、わかってんな」

「掟」と「面子」のくだりを含め感心し、つい返してしまう。奏と萌、その他が呆気に取られているのがわかった。

「ありがとうございます！」

丸く大きな目を輝かせて初めて沙耶香を見、永斗が頭を下げた。さらにテンションを上げ、続ける。

「フィクションにハマると、『本物』に触れたくなるじゃないですか。かといって周りにはいないし、いそうな場所はわかるけど、ぶっちゃけ怖いし。そうしたら、大友さん登場。もうね、『リアル、キタ～～～～～！』ですよ。で、コンタクトを取る前段階として、貴重な生態を観察かつ記録しようと」

「つまり、永斗は大友さんのファンで、友だちになりたいんだな。で、きっかけをつくろうと撮影をした、と」

奏が割って入り、なだめつつ話をまとめるように永斗の肩を叩いた。我に返ったのか、顔を真っ赤にして永斗は頷いた。

「うん。エロ目線とかでは全然ないし、昨日の騒動でも力になれればって――そうだ。これ見て下さい」

腰を浮かせ、永斗は奏の手から自分のスマホを取った。画面を操作して、沙耶香に見せる。

写真ではなく、動画だった。手前にモスグリーンの金網フェンスがあり、奥に窓がずらりと並んだ鉄筋の建物が映っている。カフェテリアがある棟の屋上の端から、この校舎を撮影したものだ。休み時間のようで、窓越しに廊下にいる大勢の生徒が見えた。画面の端に表示された撮影日時は、昨日の午前十時過ぎ。

「二時間目が終わってすぐです。僕、日直だったんで先生の手伝いをしたんです」

と、カメラが校舎の三階部分に寄った。二年C組前の廊下のようだ。

ドアが開き、ジャージ入れと思しきショップバッグやトートバッグを抱えた男女が、ぞろぞろと出て行く。中には沙耶香の姿もあったが、少し歩いて立ち止まり、スマホをいじりだした。三十秒もせずに顔を上げたが、既にクラスメイトたちの姿はない。「なんだよ」と言った様子で顔をしかめた後、沙耶香は廊下をうろうろしだした。

「ああ、これな。置いてきぼりにされちまって、大変だったんだよ」

記憶が蘇り、沙耶香はコメントした。

カメラは廊下をうろつく沙耶香を追い続けた。ようやく廊下の隅の更衣室に辿《たど》り着いたのは、三時間目始業のチャイムの直後。五分ほどして着替えを終え更衣室から出て来ると、慌てる様子もなく、足を前に投げ出すような歩き方で廊下を戻った。二年C組の前も通ったが中には入らず、そのまま階段方向へ姿を消した。

「この後すぐ、大友さんは屋上に来た。先生に注意されてたの、覚えてるし」

永斗は言い、横から覗いていた奏が言った。

「つまり大友さんは、みんながいなくなったあと教室には入っていない。ブレスを盗んだ犯人じゃないよ」

「そうだよ！　この動画が証拠だ。アリバイ成立ってやつだな。お前、永斗だっけ？　盗み撮りの件は後できっちりナシつけるけど、取りあえずサンキュー」

ほっとして、沙耶香は永斗の真っ黒でクセの強い髪に覆われた頭頂部をばしばしと叩いた。が、怒りが蘇り、体を反転させた。

「言った通りじゃねえか。この落とし前、どうつける気だ？」

菜央とかすみ、仲間たちを睨めつけたが、ごまかすように目を伏せたり、あさっての方を向いたりするだけだ。そうはさせじ、と沙耶香がさらに強い目で見ると、嫌々という風に菜央がこちらを見た。

「じゃあ、誰がやったの？」

「まず『ごめんなさい』だろ！」

ずっこけながら突っ込んだが、菜央はぷい、と顔を背けた。仲間たちもこれ幸いとばかりに、「だよね！」「誰だろうね〜」と同意する。

「なんなんだよ、お前ら」

さらに沙耶香が突っ込んだ時、ドアが開いて出席簿を抱えた村瀬が入って来た。今日もスーツはぱっとしないが、ネクタイは赤地に大きなトランプ柄だ。

「おはよ。ホームルームを始めるよぅ……大友さん。この間の手袋と鎖、早く親御さんに連絡してね。いつまでも預かってるのも、なんだから」

眉を寄せ、いかにも「あんなもの持っていたくない」感を漂わせて沙耶香に告げ教壇に登る。

「あ、忘れてた」

呟《つぶや》いた刹那、沙耶香は胸に閃《ひらめ》きを覚えた。スカートの裾《すそ》を蹴って教壇に向かうと、村瀬が及び腰になった。

「な、なに？」

「昨日の三時間目、貴重品のバッグを預かっただろ。中身を確認したか？」

「うん。ざっとだけど、決まりだから。なんで？」

「ブレスがあっただろ？　ピンクっぽい金色で、直径五センチぐらいのやつ。で、私と同じように没収したな？　『他の子にも注意してる』って言ってたし」

語りかけるうちにテンションが上がってきた。及び腰の中途半端な姿勢のまま、村瀬は首を横に振った。

「いや。そんなのなかったよ」

「ウソだ！　思い出せ」

「ないってばぁ。そのブレスって、関内のでしょ？　前に一度没収したし、覚えてるよう」

「マジかよ。じゃあやっぱ、盗まれたのか」

あっさりと返され、沙耶香は拍子抜けしてしまう。しかしすぐに新たな閃きを覚え、教室を見回した。

「こうなったら、真犯人を捜そうぜ！　……実はこういう『祭』、大好きなんだよ。地元にいた頃も、ケンカだの探し物だの、熱くなって盛り上がれりゃなんでもありで」

拳を握り、訴えた。わくわくして、言葉通り胸が熱くなった。こんな気持ちになるのは、転校以来初めてだ。前のめり気味に、みんなのリアクションを待つ。

返ってきたのは、沈黙と戸惑いの視線だった。仲間と顔を見合わせ、首を捻っている子もいる。面食らい、沙耶香は問いかけた。

「どうしたんだよ。事件は解決してねえぞ。菜央、ブレスを取り返したいだろ？」

「もういい。取り返しても、キモくて使えないし。また買ってもらえばいいから」

肩をすくめ、あっけらかんと菜央は返した。

「あれだけ人を責めておいて、なんだよ。みんなだって、大騒ぎしてたじゃねえか」

「気持ちはわかるけど、関内さんがああ言ってるんだし。大友さんの無実は証明されたんだから、いいんじゃないかな」

奏が言う。信じられず沙耶香は見返したが、笑顔は爽やか。眼差しにも迷いはない。そして、こう続けた。

「みんなのために『なかったこと』にするのが一番なら、そうする。ここではそれが普通なんだよ」

沙耶香は絶句。頭が真っ白になり、言葉も感情も浮かんでこない。すると奏は自分の席に向かい、菜央や他のみんなも倣った。「これにて終了」とでも言うように、教室内の空気が雑然としたものに変わる。

「はい。じゃあ、ホームルームを始めるよぅ。大友さんも席に着いて」

事情説明を求めることもなく、村瀬が沙耶香の背中を叩いて出席簿を開いた。

5

「失礼しま〜す。先生、バイバイ」

　右手をひらひらと振り、萌は左手でドアレバーを掴んだ。生徒指導室のドアが閉まり、沙耶香の視界から笑顔で手を振り返すジュンの姿が消える。

「これ」

　沙耶香にレザーグローブとチェーンを押しつけて身を翻し、萌は廊下を歩きだした。笑顔は消え、口調もぶっきらぼうだ。

「おう。しかしお前、ジュン先生の前だと別人だな。ものすごい笑顔で、優しいっつうか甘ったたれたような喋り方。頰なんかもほんのり赤らめちゃったりして、まるで」

「だから、声がデカい。大きなお世話だし」

　ぴしゃりと告げ、萌は足を早めた。「なんだよ。怒るなよ。訳わかんねえ」と呟きつつ、沙耶香が後を追い、二人で玄関に向かった。

　ホームルームのあと、沙耶香は改めて菜央や奏に「真犯人を捜し、ブレスを取り返すべきだ」と訴えた。しかし二人とも返事はノーで、他の子たちは既にこの件には関心を失ったようだった。釈然としないまま放課後を迎えた沙耶香だったが、グローブとチェーンは取り返したかったので亜樹美に連絡し、電話で村瀬に「もう学校には持って来させない」と伝えてもらった。そのあと生徒指導室に向かったのだが、村瀬が会議に出るので代わりにジュンがグローブ他を渡す、と知るなり萌が「私も行く」とついて来た。

靴を履き替え、玄関を出た。下校の混雑は一段落して、生徒の姿はまばらだ。階段を下りて駒沢通りに出、学園のフェンス沿いに歩いた。

「にしても、『なかったこと』ってなんだよ。金持ちのセレブって、みんなあんななのか？」

「かもね。言ったじゃない、深入りしないの」

「そういう問題じゃねえだろ。犯人もブレスも見つかってねえし」

右手に提げたスクールバッグを前後に揺らしながら、沙耶香が口を尖らせる。前を向いたまま、萌が返した。

「そもそも犯人はいるの？　本当に盗まれたの？　って話だけどね」

「どういう意味だよ。まさか、私を陥れるために」

「知らない。関係ないし。とにかく、大人しくしてなさいよ。片岡くんが言ってたでしょ。ここにはここの『普通』があるの。刃向《はむ》かうと……まあいいか」

「なんだよ、最後まで言えよ！　……あ〜、やっぱアウェー感ハンパねえ。上手くやれる気しねえ。ってかむしろ、胸がざわざわするんだけど」

顔を覗き込んで訴えたが、萌は無視してスマホをいじっている。

本当に胸がざわめき、かすかだが動悸《どうき》もした。今のことではなく、この先の出来事。予感というやつか。

ぱしゃ。シャッター音がして、沙耶香と萌が同時に振り向く。後ろの電信柱の陰から、スマホを構えた永斗が出てきた。

「てめぇ」

「これが最後ですよ。奏に叱《しか》られたし、もう撮影はしません。すみませんでした。でも、『ツレ』ができてよかったですね。『ビー・バップ・ハイスクール』しかり『クローズ』しかり、ヤンキー、否《いな》、ツッパリ的には欠かせないアイテムですし。あとは『舎弟《しゃてい》』がいれば完璧かな。なんなら、僕がその立ち位置でも」

「すみませんでした」と言う割には反省する様子もなく、早口のハイテンションで捲し立てながら近づいて来る。

「キモっ！　ツレとか、あり得ないし」

バッグを抱え、萌が走りだした。慌てて沙耶香も駆けだし、永斗もスマホを握ってついて来る。

「来るな！　盗み撮りの件は、後できっちりナシつけるからな……萌、待てって！」

バタバタと三人の足音が通りに響き、歩道を行き来する人が怪訝そうに目を向けた。

ツレに舎弟か。まあ一応、カッコはついたな。ふと、沙耶香は思う。しかし胸のざわめきと動悸は消えない。それを振りきるように、沙耶香は足を早めた。

＊

持ち手をつかんで腕を振り上げ、萌はマグカップを向かいの壁に投げつけた。白い陶器で、前面に日本一有名なネコのファンシーキャラクターのイラストと、「MOE」の名前が印刷されている。

がしゃん。硬く乾いた音とともに壁にぶつかり、カップは砕けた。破片が飛び散り、傍らのソファに座った永斗が頭を引っ込めて手で押さえ、奏は呆然《ぼうぜん》としている。

こういうの、どっかで見たことあるな。

ソファの隣で萌を見上げ、その左頰に破片でできた小さな切り傷があるのに気づき、沙耶香は思った。同時に一つの映像が頭に浮かぶ。

もうもうと立ちこめる硝煙の中、少女がこちらを向いて立っている。左頰には萌と似たような切り傷。

よりによって、なんで今？　張り詰めた場の空気を全身で感じながら、沙耶香は自問自答した。それでも、少女の映像は消えない。

「カイ・カン」

恍惚《こうこつ》とした表情と声で呟き、少女はこちらに微笑みかける。毛先に細かなシャギーを入れたショートカットで、白いセーラー服姿。右手にはごつく大きな機関銃をつかんでいる。一方萌が身につけているのは、襟元《えりもと》に臙脂のネクタイを締めた白い半袖ブラウスにタータンチェックのプリーツスカート、濃紺のハイソックスに黒いローファーシューズという代官山学園高等部の制服。表情も怒りで強ばっている。

かける言葉が見つからず、沙耶香は萌を見つめた。その視界の端に、向かいのテーブルが映った。載っているのは、萌が壁に投げたのとペアのマグカップ。こちらには「SAYAKA」と印刷されている。

振り向き、きっ、と萌が沙耶香を見た。大きな目を潤ませ、震える声でこう告げた。

「全部あんたのせいよ」

6

一週間前、昼休み。沙耶香たちは代官山学園高等部のカフェテリアにいた。

「なあ、いいだろ。頼むよ、汁《つゆ》だくとやわネギ」

カウンターに片肘をつき、沙耶香は訴えた。今日も緩めたネクタイ、超ロング丈のスカートに半袖のワイシャツ姿で、左右の手首には迷彩柄のリストバンドをはめている。爪をラメ入り銀色のマニキュアで飾った指がつまんでいるのは、「日替わりランチ　黒毛和牛のしぐれ煮丼《どん》」の食券だ。

「スカした名前が付いてるけど、要はこれ、牛丼だろ。しかも八百八十円もしやがる。『すき家』なら、メガ盛だって税込み七百三十円だってのによ」

身を乗り出し、奥の厨房に訴えたが、白衣を着た従業員たちは困惑して顔を見合わせるだけだ。沙耶香の後ろに列をつくる生徒たちは露骨に迷惑そうで、友だちと文句を言い合う子もいた。

「お願いします。上には、僕が話を通しておくので」

すっ、と沙耶香の後ろに並んだ男子が進み出て、従業員たちの視線が動く。小柄小太りで地黒。クセの強い黒髪で、白い半袖ワイシャツにネクタイ、濃紺のスラックスという夏の制服を身につけている。永斗だ。

「そういうことでしたら。承知しました」

一人がぴんと背筋を伸ばして答え、他の従業員たちもきびきびと動きだした。一人が丼にご飯をよそい、もう一人がコンロに載ったアルミの大鍋からお玉でしぐれ煮をすくってご飯にかけ、さらにお玉にもう一杯分、煮汁と長ネギを追加し、木製で長方形のトレイの上に置いて沙耶香に差し出した。所要時間約四十秒。

「お、おう。どうもな」

　面食らいながらも傍らのカトラリーケースから塗り物の箸《はし》を一膳取ってトレイに載せ、沙耶香はカウンターを離れた。ようやく後ろの生徒たちの列が動きだす。

　壁際の給水器でグラスに水を注いでいると、永斗が追いかけて来た。

「よかったですね。汁だく、つまり煮汁を多めに、はありがちですが、やわネギ＝長ネギの柔らかい部分のみを増量、をチョイスされるとは。通、むしろ粋と言うべきか」

　同じようにグラスに水を注ぎながら、ハイテンションの早口で言う。トレイにはカレーライスとスプーンが載っている。

「助かったけど、どうなってんだ。『上』ってなに？」

「うちの親、全国の高校や大学の学生食堂や企業の社員食堂、高速道路のサービスエリアの食堂なんかの運営をしてる会社のトップなんですよ。このカフェテリアもそう。つまりあの人たちは、うちの従業員」

「へえ、そうなんだ。でも」

「『親の仕事がなにとか、関係ねえけどな』ですよね。わかってます。さすがの主義《イズム》、否、美学です」

「うるせえな。イズムだかイザムだか知らねえが、いちいち解説すんな」

　言い合いながら白黒モザイクタイル貼りの通路を進み、自分たちの席に向かう。ずらりと並んだテーブルの中ほどで、隣には萌とその仲間の女子たち、反対側の隣には永斗の仲間の男子グループが座っている。他のテーブルも生徒たちでいっぱいで、厨房のメニューの他、購買で買ったクロワッサンやサンドイッチ、家から持参したお弁当を食べている子もいた。期末テストも終わった七月半ば。間もなく夏休みとあって、みんないつも以上に賑《にぎ》やかで、ヨーロッパやオーストラリアなどの旅行のガイドブックを眺めている子もいる。

「ちょっと。隣に来ないでよ。迷惑なの」

沙耶香が席に着くなり、隣の萌が顔をしかめた。片手でエビピラフを載せたスプーンを口に運び、もう片方の手はスマホをいじっている。その隣の仲間たちもお喋りしながら食事中だ。

「冷たいこと言うなよ。長ネギ一口やるからさ。お前らも。みんなで仲よく食おうぜ」

「お前らも」以下は、萌とは反対側の隣に座った永斗越しにその仲間を見て告げる。

「それが迷惑だって言うの」

さらに顔をしかめて萌が返し、「その通り」と言うように仲間の女子たち、加えて永斗のグループも頷いた。

沙耶香が転校して来てから三カ月。相変わらず沙耶香は萌を「ツレ」として無理矢理行動を共にし、それに自称「舎弟」の永斗がついて回る、というパターンが続いている。

ランチやグループ単位で行う授業や学校行事でも同様なため、萌、永斗の仲間も付き合わされるハメになり、双方露骨に迷惑そうだが沙耶香はまったく意に介さず、永斗はなにも考えていない様子だ。

「そもそも、『一口やる』がなんで長ネギなのよ。普通牛肉でしょ。ねえ、愛羅《あいら》ちゃん？」

手を止めて首を突き出し、萌は問いかけた。テーブルを挟んで斜め前の席に座った女子がお喋りをやめ、こちらを見る。長い髪を頭のてっぺんでルーズに結い、プラスチックフレームの赤いメガネをかけている。

「言えてる〜。超ウケる〜」

細い目をさらに細め、あはは、と笑う。

「お前、明らかに今のうちらの会話を聞いてねえだろ。言葉も棒読みだし」そう突っ込もうとした沙耶香の脇腹を、萌が肘でつつく。

「いてっ！　なにすんだよ」

「やだも〜。萌ちゃんてば〜」

パスタを巻き付けていたフォークを置き愛羅は手を叩いて笑い、萌を除く他の四人も笑った。

この三カ月で気づいたのだが、この愛羅が、六人いる萌たちのグループのリーダーのようだ。お喋りのテーマや放課後どこに遊びに行くかなど、彼女のひと言で決まるパターンが多い。見た目はメガネの色以外は地味で言動もおっとりしているが、妙な存在感がある。

「相変わらず楽しそうね。大友さん、『要はこれ、牛丼だろ』はウケたわ」

傍らの通路から、笑いを含んだ明るい声が降ってきた。見上げると、アラサーの女が一人。濃紺に白い横縞のポロシャツにコットンパンツ姿で、空になった食器とグラスの載ったトレイを抱えている。

たちまち目の色を変え、萌は立ち上がった。

「ジュン先生！　こんにちは」

「はい、こんにちは……そうだ。水野さん、これあげる。向こうの『当たりが出ればもう一本』の自販機で当たっちゃったんだけど、このあと出かけなきゃいけないから」

にこやかに告げ、ジュンはオレンジジュースの缶を差し出した。沙耶香を押しのけるようにして腕を伸ばして受け取り、萌は返した。

「いいんですか？　ありがとうございます！」

「誕生日プレゼントよ。確か今月の十五日よね。前に『庭の植木が、梅雨《つゆ》明けに活き活き枝を伸ばして花も咲かせているのを見た両親が、萌って名前を思いついた』って話してたでしょ」

「すごい！　覚えててくれたんですか。超嬉《うれ》しい!!」

　顔だけではなく耳まで真っ赤にして缶を胸に抱いて騒ぐ萌を、周りの席の生徒が振り返って見る。

　しぐれ煮丼を口に運んでいた箸を置き、沙耶香も立ち上がった。

「マジ？　十五日って、来週じゃん。早く言えよ。みんなで祝おうぜ。お誕生日会だ」

「冗談でしょ。結構です」

「なんで？　遠慮すんなよ……そうだ、どうせなら七月生まれのヤツをみんな呼んで、クラス全員で祝おうぜ。その方が派手だし、楽しいだろ？」

　沙耶香に問われ、愛羅はもったりとした動きで隣の席の子を見た。

「そういえば、真歩《まほ》ちゃんも今月誕生日じゃなかったっけ〜」

　口いっぱいに頬ばったハンバーガーを咀嚼《そしやく》しながら、真歩はこくこくと首を縦に振った。小太りの丸顔で前髪を額に斜めに下ろし、両サイドの髪を三つ編みにしている。

「おお、そうか。じゃあお前も一緒だ。萌、いいだろ？」

　勢い込む沙耶香に対し、萌はまだ戸惑い顔だ。

「クラス全員って、菜央たちも？　ブレスレットの件以来ケンカはしてないけど変な緊張感があるし、きっと来ないわよ」

「んなことねえって。あいつらにも七月生まれがいるかもだし、しょっちゅう『パーティ大好き！』だの『なんかイベントないの～？』だの騒いでるじゃん。終業式までヒマだし、他の連中も絶対のってくるって」

「でも」

言いかけた萌だったが、ジュンに、

「いいじゃない。せっかくだし、祝ってもらいなさいよ」

と微笑みかけられ、黙った。缶を抱きしめて考えるような顔をしたあと、首を小さく縦に振った。

「うん。じゃあ――ありがとう」

恥ずかしさと気まずさが入り交じったようなぎこちない動きで、沙耶香に会釈する。

胸が弾んで熱いものもたぎるのを感じ、沙耶香は拳を握った。

「よっしゃ、祭だ。お誕生日会か。任せときな。ビッと決めてみせるぜ」

「『バースデイパーティ』ね。『お誕生日会』って、小学生じゃないんだから」

眉をひそめて突っ込んだあと、萌はジュンを見た。照れ臭そうにしながらもちょっと誇らしげな、輝くような目をしていた。


翌日の放課後。

沙耶香は永斗と渋谷にいた。道玄坂《どうげんざか》にあるディスカウントショップ『ファンキー・ボーテ』だ。狭い通路の両側に家電や衣類、アクセサリーやおもちゃなどがぎっしりと並んだ棚が並び、迷路のようだ。ボリューム大きめのBGMは、流行りのJ－POPのアイドルソング。客は若者や水商売風の男女の他、外国人も多い。

「これなんかどうだ？」

　そう言って沙耶香が手に取ったのは、一抱えほどもある金色の招き猫。振り向き、続ける。

「萌のヤツ、意外とおばちゃん臭いところあるし、喜ぶんじゃねえか」

「う〜ん。どうかなあ」

　永斗が首を傾げた。スクールバッグを抱えて身を縮め、棚からはみ出した商品にぶつからないようにしながら沙耶香の後をついて来る。

「ダメか。せっかくのお誕生日会だからな。他の連中は、ブランドアイテムとか金にものを言わせてくるに決まってるし、こっちはセンスで勝負だ。『わてがてっぺんに立ってみせたるわ』」

「おっ。それ、映画『極道の妻《おんな》たち　危険な賭け』の岩下志麻《いわしたしま》さん演じるヒロインの決め台詞ですね」

「正解！　お前、ツッパリだけじゃなく、任侠《にんきょう》ものまでチェックしてんのか。すげえな」

招き猫を棚に戻し、沙耶香はからからと笑った。だが永斗は真顔になり、こう返した。

「いや。『どうかなあ』って言ったのはそういう意味じゃなく、今回のバースデイパーティ、もとい、お誕生日会についてです」

「なんだそれ」

「七月生まれを全員呼ぶ、といっても沙耶香さん的に主役は萌さんでしょ？　クラス内での彼女の立ち位置を考えると、どうなのかなあ、と」

足を止め、沙耶香は振り返った。香水またはアロマグッズ売り場から流れてくると思しききつい芳香を手のひらで払いながら、永斗を見る。

「お前な、『的』だの『立ち位置』だの、回りくどいんだよ。言いたいことがあるなら、はっきり言え」

「わ、わかりましたよ……グループやクラス全体から浮いてるっていうか、いまいちなじめてない気がするんです。僕は浮いてるを通り越して番外地扱いでしょ？　だから俯《ふ》瞰《かん》的っていうか、状況を冷静に見られるし微妙な空気も伝わってくるんです」

「だから、『的』はやめろって——気のせいだろ。愛羅たちとはいつも一緒で、楽しそうにしてるじゃねえか。他の連中とも、ケンカしたりシカトされたりとか、見たことねえぞ。確かに時々一人でいたり、仲間といてもちょっと離れてスマホをいじってる時はあるけど、あれはまあ、趣味の問題で」

「趣味？」

永斗に問われ、沙耶香ははっとして口をつぐんだ。頭に萌の淡いピンクのスマホが浮かぶ。ボディの中のアルバムアプリには、ジュンの写真が大量にコレクションされている。沙耶香にはなぜかわからないが、萌はそれをひた隠しにし、知っているのは沙耶香だけだ。嫌々ながらも沙耶香の「ツレ」をやっているのも、写真の件を人にバラされるのを危惧《きぐ》して、という面もあるようだ。

沙耶香は通路を進み、目に付いた商品を取っては戻すを再開した。

「なんでもねえ。浮いてる云々は、気のせいだろ。だってお誕生日会の件を愛羅は、『やるやる〜。超盛り上がりそう〜』って承諾したし、菜央も『会場とか料理とか、私に選ばせてくれるならいいけど』だったろ？　日取りは今週の金曜の放課後ってことでクラスの他の連中に伝えたけど、全員出席するって言ってたぞ」

「その全員出席、ってところが……沙耶香さん、ＬＩＮＥってやってます？」

「一応スマホには入ってるけど、ほとんど使ってねえ。ツッパリはＳＮＳってもの？　苦手なんだよ。メールも『ヒマか？　なら会おうぜ』程度。文章書くの苦手だし、遊ぶにしろケンカするにしろ、顔《ツラ》突き合わせなきゃ始まらねえじゃん」

「なるほど。実に興味深い」

後ろでごそごそと気配がする。どうやら永斗が、今の沙耶香の発言を自分のスマホにメモしているらしい。

と、前方の棚に目が留まった。色もデザインも様々な陶器のマグカップがずらりと並び、ネコやネズミ、ウサギなどの有名ファンシーキャラクターのイラストが印刷されている。傍らには、「お名前やメッセージを入れられます！」のＰＯＰが添えられていた。

「どうしました？」

永斗の問いには答えず、沙耶香は長いスカートの中の脚を動かし、棚に歩み寄った。

7

ノックの音がして、ドアが開いた。ひょいと、永斗、奏の順で顔を出す。二人とも制服姿で胸に大きな手提げ紙袋を抱えている。

「待ってたぞ。入れ入れ」

座っていた奥のソファから腰を浮かせ、沙耶香は手招きをした。隣には萌もいる。毛足の短いベージュのカーペットを踏み、永斗たちが歩み寄って来た。

三十畳以上あろうかという広い部屋で、板張りの壁に沿って茶の革張りの大きなソファが置かれ、向かいには木製のテーブルが二つずつと、黒い革張りのベンチソファが配されている。各ソファの後ろの壁には、畳一畳分ほどありそうな液晶モニターが取りつけられ、出入口脇の壁のモニター下の棚には、青や赤の明かりを点した黒く横長の機械が収められている。各テーブルの上にセットされているのは、メニューと液晶モニター・タッチペン付きの選曲リモコンだ。

「すげえだろ。菜央に『会場は、うちらがよく行く麻布十番《あざぶじゅうばん》のカラオケボックスにしたから』って言われた時には、『しょぼくねえか？』と思ったんだけど、こんな店だったとはな。広いわ、モニターデカいわ、メニューに鶏の丸焼きやらドンペリやらあるわ。なんと、料金は一時間二万円だとよ。割り勘にしたとしても、一人頭いくらだよ」

興奮し沙耶香は捲し立てたが、永斗は親の仕事柄この手の店には慣れているのか、奏も前に来たことがあるのか、驚く様子もなく沙耶香の隣に腰かけ、テーブルに紙袋を下ろした。

「見てくれる？　大友さんのイメージ通りにオーダーしたつもりなんだけど」

奏がテーブルに腕を伸ばし、紙袋から白く大きな紙箱を取り出した。蓋《ふた》を開け、中身を見せる。直径二十五センチほどのケーキで、土台は円形のスポンジに生クリームを塗ったシンプルなものだが、上部の上下左右にイチゴやメロンなどのカットフルーツとバラやガーベラ、チューリップとそれぞれの枝葉をかたどった砂糖細工が載せられ、中央には茶のチョコレートペンで「萌ちゃん　おたんじょうびおめでとう」と描かれたホワイトチョコレートのプレートも載っている。

調べたところ、二年C組に七月生まれは萌、真歩のほか二人いると判明。沙耶香の発案で「デカいケーキを一つ買うより、それぞれのイメージに合うのを四つ買おう」となり、萌のケーキの担当は奏。そしていよいよ、パーティ当日の金曜日を迎えた。

「おお、いいじゃん……萌、どうだ?」

「プレートのメッセージ。普通は『HAPPY BIRTHDAY』じゃないの? ……でも、すごくかわいい。ありがと」

後半は照れ臭げに、でもこみ上げる想いを抑えるように手のひらで軽く胸を押さえ、萌が微笑む。座っているのは、上座のソファの真ん中だ。

「やっぱな。絶対気に入ると思ったんだ……それにしても、みんな遅えな。『午後五時スタート。遅刻したら半殺し』って言ったのに」

「まだ二十分もあるし、買い物とかしてるんじゃないですか」

「だな。プレゼントはもちろん、クラッカーやら風船やらのグッズ調達も担当を決めたしな」

頷き、返すそばから沙耶香はわくわくしてきた。

司会進行などのプログラムは沙耶香が考えた。永斗と奏、母親・亜樹美のアイデアと人脈を借りもしたが、萌はもちろん他の三人を喜ばせる自信は満々。それに、あまり話をしたことのないクラスメイトとも、親しくなれるかもしれない。

しかし、午後五時になっても誰も来なかった。沙耶香と永斗、奏は手分けしてみんなに電話しメールも送ったが、なぜか誰からも応答がない。

「時間か場所を間違えてるんじゃねえか？　さもなきゃ、天変地異が起きたとか」

部屋には窓がないので、外の様子はわからない。焦りを覚えドアに向かおうとした沙耶香に、スマホを操作しながら落ちて来た前髪を指先で押さえ、奏が返す。

「それはなさそうだよ。チェックしたけど、みんなに知らせた会場と日時は間違っていなかった。ニュースサイトを見ても、都内で大きな事故や事件、自然災害も起きていない」

「じゃあ、なんで来ないんだよ」

沙耶香はテーブルの前の通路をうろついた。視界の端に萌の姿が映る。無言無表情でスマホをいじっているが、それが余計に沙耶香を苛立たせ、焦《じ》れさせもする。

「ちょっと早いけど、プレゼントを渡しちゃおうかな……萌さん。お誕生日、おめでとうございます」

気を利かせたのだろう。永斗がテーブルから紙袋を取って差し出した。スマホを膝の上に置き、驚いたように萌はそれを受け取った。

「ありがとう。見てもいい？」

永斗が頷くと、萌は紙袋を開けた。出てきたのはピンクの紙包みで、シールの封を剝《は》がすとジャージの上下が出てきた。黒でジャケットは前ファスナー。デザインは普通だが、左胸と背中に骨をくわえた犬の顔のイラストと、「GALFY」のブランドロゴが刺繍されている。犬の顔はベージュ、ロゴは金色、さらに身頃の下の部分は白地に黒のヒョウ柄だ。

「すげえ！　超イケてるじゃん。よかったな、萌」

興奮し、沙耶香は萌の背中をバシバシと叩いた。

「あ、うん。なんか……ワイルドテイストっていうか、アウトサイダーチックっていうか」

やや虚《うつ》ろな眼差しで返し、萌はソファに広げたジャージを眺めた。奏は無言。二人にだけ聞こえるように、永斗が囁いた。

「僕は別のものにしようとしたんですよ。でも沙耶香さんが、『私の地元のツッパリの間じゃ、超ハイソでラグジュアリーなブランド。萌はツッパリじゃねえけど、一緒に歩いてて散歩中の犬を見ると超カワイイ～！　とか言ってるし、絶対気に入る』と言い張って、無理矢理」

なぜか言い訳口調、表情には悲愴感が漂う。そんなことにはまったく気づかず、沙耶香はさらにテンションを上げ、ソファに置いた自分のスクールバッグを引き寄せた。

「じゃ、私も渡しちまおうかな。ほらよ、十七歳おめでとう」

バッグから箱を取り出し、テーブルの萌の前に置く。包装紙はファンキー・ボーテのもので、赤いリボンがかかっている。

「わあ、嬉しい。開けるね？　……なんかイヤな予感」

笑顔をつくってはいるが、棒読み気味。後半は永斗と奏にだけ聞こえるように呟き、萌はリボンをほどいて包装紙を剝がし、出てきた四角い紙箱を開けた。

箱から取り出されたのは、マグカップ。白い陶器で持ち手のついたありふれたつくりで、前面には日本一有名なネコのファンシーキャラクターが印刷されている。しかしネコは深紅の特攻服に身を包んでこちらに背中を向けてウンコ座りをし、振り向いて中指を立てている。特攻服の背中には、「本気親友《マジマブダチ》」の金色の文字。イラストの下には紫に黒のゼブラ柄で「MOE」の名前が入っていた。

「言っとくが、値段じゃなくここで勝負したから。証拠はこれ。どうだ！」

「ここ」で右手で自分の左胸を叩き、左手でスクールバッグからもう一つマグカップを出し、萌のカップの横に置く。まったく同じデザインとイラストで、特攻服の金文字も同じだが、下に入った名前は「SAYAKA」。

「ああ、ペアなんだ」

合点がいった様子、しかし力の抜けた声で奏がコメントする。大きく頷き、沙耶香がさらにカップへの想いを語ろうとした時、短いチャイムが二つ鳴った。奏と永斗がスマホを取り画面を操作する。沙耶香と萌も覗くと、青空に白い雲が浮かぶCGイラストの地にマンガの吹き出しのような横長の枠が表示されている。

「これLINEだろ」

沙耶香の問いに永斗が頷く。

「ええ。『LINEグループ』っていう機能で、複数のメンバーを集めてメッセージのやりとりや通話ができるんです」

「ごめ〜ん！　急用でパーティ行けなくなっちゃった。お店に料理とかの手配はしてあるから、代金の支払いを頼むね」

吹き出しの中には、そう黒い文字が並んでいた。左上には「菜央」とあり、傍らの丸いアイコンは、自撮りしたものを加工したと思しき、気味が悪いほど目が大きく鼻筋が通った菜央の笑顔の写真。奏のLINEにも、同じメッセージが届いていた。

「なんだよ、あいつ。無責任だな」

そう言って沙耶香が舌打ちしようとした刹那、またチャイムが鳴って永斗と奏のLINEに吹き出しが浮かんだ。

「なんか、いきなり超腹痛。医者行って寝るわ。せっかく祝ってくれるのに、申し訳ない！」

左上には「サトシ」とあり、アイコンは沙耶香も顔だけは知っている外国のサッカー選手の写真。サトシは、七月生まれの四人のうちの一人だ。

「マジかよ！　主役の一人が来られないとか、テンションダダ下がりじゃん」

沙耶香が憤慨している最中にも度々チャイムが鳴り、永斗たちのLINEにメッセージが届いた。どれも二年C組のクラスメイトで、「急用」「急病」「予期せぬトラブル」の連発。「行けない」「ごめん」を表す、スタンプというらしいイラストのみ、という子もいて、不参加者はあっという間に三十人を超えた。

「これ、ドッキリだろ。来ないって言っておいて実は、ってパターン」

混乱しながらも笑い、沙耶香はみんなを見た。萌は俯いてスマホをいじり続け、永斗と奏は困惑したように顔を見合わせている。

と、またチャイムが鳴った。永斗と奏が視線をスマホに戻す。

アイコンは、赤いメガネをかけたパンダのイラスト。愛羅だ。

「みんなでそっちに行こうとしたんだけど、真歩ちゃんが『カラオケより、ホテルのデザートビュッフェがいい』って言いだしちゃって〜。今日の主役だし、聞かない訳にはいかないでしょ？　萌ちゃんには大友さんがいるし、大丈夫だよね。じゃ、そういうことで、よろしく〜」

「つまんねえ冗談かましてんじゃねえよ。『よろしく〜』とか言って、どうせ来るんだろ？　愛羅も真歩も、萌の友だちじゃねえか。いつもあんなに仲よく」

「やめて！」

乾いた笑い混じりで喋る沙耶香を遮り、萌が立ち上がった。

「もういい。全部なしにしよう。誰も来ないよ」

「なに言ってんだよ。なにかの間違いで」

「間違いでも、冗談でも、ドッキリでもない。急用・急病・トラブルも全部ウソ。みんな来たくないから来ないだけ。てか、始めから来るつもりなんてなかったのよ」

肩を怒らせ、体の脇に垂らした左右の拳をきつく握り、萌は捲し立てた。しかし視線は伏せたままで、瞬きもせず一点を凝視している。こんな萌は初めてで、沙耶香はうろたえ、不安も覚えた。それでもなにか言わなくてはいけない気がして、言葉を探した。

「落ち着けって。それじゃまるで、みんながお前を――」

「うるさい！」

萌が怒鳴った。沙耶香は口をつぐみ、永斗と奏は固まった。流れる沈黙。伏せたままの萌の目が充血し、みるみる涙が滲《にじ》んでいく。

ぷつん、と彼女の中で何かが弾ける音がしたように、沙耶香は感じた。次の瞬間、萌はテーブルに手を伸ばし、自分の名前が記されたマグカップをつかんだ。そして突き上げる思いをぶつけるようにカップを向かいの壁に投げつけ、沙耶香に告げた。

「全部あんたのせいよ」

8

「思い出した。『セーラー服と機関銃』だ」

　牛乳のグラスを口に運ぶ手を止め、沙耶香は言った。テーブルの向かいでトーストを囓《かじ》っていた亜樹美が顔を上げる。

「なにそれ」

「三日前、萌がカップを投げた時に浮かんだシーン。おふくろが時々DVDで見てる映画だろ。『懐かしいわあ。ファンだったのよね、薬師丸《やくしまる》ひろ子』とか言って」

　どうしてあんな場面でその映像が浮かんだのか、いまだにわからない。「現実逃避ってやつかも」と浮かんだりはするが、認めたくない。

「ああ。萌ちゃん、ほっぺたにケガしたって言ってたもんね。それにしてもひどい話よねえ。あんたのクラス、どうなってんの？」

「こっちが訊きてえよ」

　つっけんどんに返し、沙耶香はグラスの牛乳を飲み干した。亜樹美にジェスチャーで「鼻の下に牛乳がついて、ヒゲみたいになってる。あと、トーストの欠片《かけら》が散らばってる」と注意され、手のひらで鼻の下をぬぐい、制服のワイシャツに落ちた欠片を払い落とした。

東京・自由が丘。五階建てのマンションの最上階の大友家の広々としたリビングには、朝日が差し込んでいる。外は快晴で気温も高く、さっきここに越して以来初めてクーラーを入れた。

「あのあと萌はカラオケボックスを飛び出して行っちまって、何度電話やメールをしてもシカト。私が『誰かを捕まえて事情を聞く』って行こうとしたら、奏のヤツに『クラス委員として、週末中に僕が確認するから』って止められちまってさ」

「じゃあ、今日登校すれば白黒はっきりするのね。萌ちゃんだけじゃなく、あんたもメンツを潰されたんだ。メンツと筋は、うちらツッパリにとっちゃ命も同然。退学、はダーリンの手前まずいとして、停学ぐらいなら許すから、ガツンと腹ごしらえして、ビッとキメてきな」

「おうよ」

鼻息も荒く返し、沙耶香は皿の上のトーストをつかみ、囓り付いた。亜樹美も再びトーストを囓り、鋭い目を掃き出し窓の向こうのバルコニーに向けた。

転居以来、当然のように洗濯物や布団をバルコニーに干してきた大友家だが、先日管理人に「マンションの規約に『美観のため、室内干しまたは乾燥機を使用する』とある」と注意されてしまった。表向き「わかりました」と返した亜樹美だが、沙耶香には

「なにが美観だ。ロビーの掲示板には、『ゴミを減らして、エコロジーな暮らしを心がけましょう』ってポスターが貼ってあるぞ。お天道《てんとう》様の下に干して洗濯物がパリッ、布団はフカフカ、こそがエコだろ。矛盾しまくりじゃねえか」と憤りまくり、「バレたら上に寝転がって、『お昼寝してるだけで〜す』とかごまかしゃいい」と布団や洗濯物をバルコニーに干し続けている。そんな亜樹美の今日のファッションは、長い髪をシュシュで束ね、七分袖のリネンブラウスにバンダナ柄の木綿のロングスカートと、タイトルが赤文字のファッション雑誌の読モ風。しかしスカートのウエストにフェイクファーのアライグマの尻尾でできたキーホルダーをぶら下げてしまうあたりに、強烈な「昭和の(田舎の)ツッパリ臭」が漂う。

午前八時。沙耶香は家を出た。エレベーターで一階に下り、ロビーを横切っていると、声をかけられた。

「沙耶香さん」

振り向くと、傍らに置かれた来客用のソファに制服姿の永斗が座っている。

「なんだ、お前。どうしたんだよ」

「おはようございます」

立ち上がって律儀に挨拶され、沙耶香もつい「おう」と会釈してしまう。すぐに我に返り、再度問うた。

「どうしたんだよ。用があるなら、歩きながら話そうぜ。早く登校して、金曜日の件をはっきりさせたいんだ」

「ああ、やっぱり……止めた方がいいですよ。下手に動くと、萌さんをさらに追い込むことになる」

「どういう意味だよ」

「これ、見て下さい」

スマホを手に、永斗が手招きをする。怪訝に思いながらも、沙耶香はソファの隣に座った。

スマホの画面には、LINEが表示されている。並ぶ吹き出しは、金曜日クラスのみんなから来た、誕生日パーティへの欠席を告げるメッセージだ。

「木曜日の夜に、『クラスのグループができたから』って誘われて入ったんです。てっきりパーティの連絡用に沙耶香さんがつくったんだと思ってました。でも、あの日みんなからメッセージが来た時、沙耶香さんと萌さんのスマホは鳴らなかった」

「そりゃそうだ。私はグループなんてつくってねえし、誘われてもいねえもん」

「うん。そこが問題なんです」

そう言って永斗は、人差し指で画面の上を指した。灰色がかった濃紺の横長の枠に白い字で、「二年C組の愉快な仲間たち（38）」とある。

「この（38）っていうのは、グループのメンバーの数です。うちのクラスは四十人。つまり、沙耶香さんと萌さんだけがメンバーじゃない。意図的に誘わなかったんでしょう。『LINE外し』。いじめの一種です」

「いじめって、まさか。私はともかく、なんで萌が」

鼻で笑いかけて、ファンキー・ボーテで永斗が言った「グループやクラス全体から浮いてるっていうか、いまいちなじめてない気がする」という言葉を思い出した。同時に、マグカップを投げた時の、萌の表情が脳裡をよぎる。

沙耶香の表情を読んだのか、永斗は続けた。

「この週末に奏と調べたんですが、LINEには萌さんたち六人のグループもありました。でも以前から萌さんの問いかけに対して誰も答えなかったり、他の五人だけに通じる話題で盛り上がったりと、地味に仲間はずれにされていたようです。そこにパーティの話があって愛羅さん他のみんなが盛り上がり、『ドタキャンしてやろう』となったんでしょう」

「なんだそれ。つまり私のせい。私と付き合ってるから、萌はあんな目に遭わされた、って言うのか」

訊ねながらどんどん自分の声のトーンが落ち、反対に心臓の鼓動は速まっていくのがわかった。

「もともと萌さんは、ギリギリの立ち位置にいたんだと思います。そこに沙耶香さんが現れてツレになって、愛羅さんたちの気持ちが一線を越えた。『いじめスイッチ』的なものがＯＮになってしまった、と言えるかもしれません」

相変わらず曖昧《あいまい》で持って回ったような話し方。しかし突っ込む気力は沙耶香にはなかった。

「マジかよ……だから『全部あんたのせいよ』なのか」

ようやくそれだけ呟いた。頭はまっ白。いつもなら感じるはずの怒りや理不尽さも湧いてこず、体の力が抜け、ただ前を向いているのが精一杯だ。

9

永斗と話した月曜日から、沙耶香は学校に行かなくなった。

亜樹美の手前、毎朝制服に着替えて家は出るが、そのまま公園に行ったり、街をぶらついたりして夕方まで過ごした。担任教師の村瀬には、「風邪が治らず、親は旅行中」と電話をし、あっという間に三日が過ぎた。その間、奏からは度々「大丈夫?」「パーティの件、クラスのみんなは『本当に急な用が入った』『具合が悪くて、行きたいのに行けなかった』と言ってる」「『大友さんに謝って説明したい』って子もいるので、学校に来て」とメールや留守電が入り、永斗も「萌さんは登校してて、表向きなにもなかったように愛羅さんたちと過ごしてる」と報告のメールをくれた。それでも、沙耶香は登校できなかった。

埼玉の地元にいた頃は、どんなにダルかろうが、揉めごとを抱えていようが必ず登校した。学校に行けばグチや冗談を言い合える仲間がいたし、揉めている相手とだって、言葉や拳で想いをぶつけ合えた。しかし、今度は勝手が違う。

クラスのみんなは、「本当に急な用」「行きたいのに行けなかった」と言っているし、それがウソだとか、「いじめスイッチ的なものがONになってしまった」だとかを証明する術《すべ》はない。沙耶香が「どういうつもりだ」「私のなにが気に入らないのか」と投げかけたところで、この前のブレスレット事件の時同様、醒《さ》めて白けた空気が流れ「なかったこと」にされてお終《しま》いだろう。

敵の意図が読めないどころか、姿さえはっきり見えない。つまり、ケンカをしたくてもできないのだ。こんな事態は初めてで、どうしたらいいのかわからない。頭もまっ白なままで、ただ萌のことを想うと、胸が締めつけられた。

奏と話したのは、四日目の昼だった。沙耶香は公園にいて、楽しげにランチを摂《と》ったり遊んだりするOLのグループや親子連れを少し離れたベンチから、ぼんやり眺めていた。出るつもりはなかったのだが、直前に村瀬から「まだ登校できないのぉ？」と電話があったばかりなので、再度かけてきたのかとつい「もしもし？」と応えてしまった。

「ああ、やっと出てくれた」

開口一番、奏はため息をついた。心底自分を心配し、思いやってくれていたとわかる声だった。そんな状況ではないと知りつつも、つい沙耶香の胸はときめき、嬉しくなってしまう。

「もしもし。大友さん、大丈夫？」

黙ったままでいると、奏に訊かれた。スマホを構え直し、沙耶香は返した。

「おう。取りあえず生きてる」

「よかった。それだけで、僕には十分だよ」

「僕には」を強調されたような気がしてまた胸が騒ぎかけたので、沙耶香は慌てて訊ねた。

「なんか用か？」

「永斗となにを話したかは聞いたよ。ショックだったよね」

「まあな。『ツッパリの限界』っての？　さすがに、どうしたらいいのかわからねえ」

「でも、いじめとは違うと思う。ちょっと流されやすくて悪のりしすぎる傾向はあるけど、みんないいヤツだし、僕は信じてるよ。前にも言ったけど、大友さんに戸惑ってるんじゃないかな。きっかけとかリアクションとか試すつもりで、ついあんなことをしちゃったんだよ。もちろん、きつく注意したけどね」

「いや、私はどうでもいい。問題は萌だ。巻き込んじまって、どんな気持ちでいるのか考えると、わ～っとなるっていうか、爆発しそうになるっていうか」

「自分を消したくなる、でしょ？」

よく通る、感情を持たない声で奏が言った。胸をつかれ、沙耶香は言葉を失った。

考えもしなかったが、確かにそうかもしれない。自分さえ現れなければ、ギリギリでも萌は自分の「立ち位置」を守れ、あんな顔でカップを投げつけずに済んだはずだ。

「もしもし？　大友さん、変なこと考えてない？　ダメだよ」

「心配すんなって。ただ、『私さえいなくなれば、全部元に戻るのかな』ってふっと――ヤバいな。マジでツッパリの限界だ。『不良の壁』ってか？」

無理におどけて見せると、奏はほっとしたように「取りあえず顔を出して、みんなと話して」「水野さんは、僕と永斗ができるだけフォローするから」と伝え、通話を終えた。

午後五時前。家に戻り、自室でゴロ寝していると、亜樹美に「お客さんよ」と告げられた。

「客?」

奏か永斗、ひょっとして萌か。沙耶香はベッドから起き上がり、抱えていたクッションを手放した。しかし、ドアから入って来たのは菜央のグループのメンバー・木村かすみだった。前髪の両端を伸ばしてフェイスラインに垂らした触角ヘアで制服姿、スクールバッグを肩にかけている。

「なにしに来やがった」

足を床に下ろして上目遣いに睨み、沙耶香は戦闘態勢を取った。廊下に立つエプロン姿の亜樹美が、顔を突き出してきた。

「こら。なんて言いぐさよ……ごめんね。そのへんに座って。いま、お茶を淹《い》れるから」

にこやかに告げ、かすみに床の上の座布団を勧める。「ありがとうございます」とこれまたにこやかに返し、かすみは座布団に座って室内を見回した。

広さは十二畳。ベッドにローテーブル、壁際には机と本棚。出入口脇のドアは四畳半もあるウォークインクローゼットだ。床は無垢《むく》のフローリングで、壁は淡いベージュの珪藻土《けいそうど》の塗り壁とナチュラル志向だが、ベッドカバーとクッション、座布団、カーテン等のリネン類はアニマルプリントや派手な紫、黒、金などが多用され、壁に貼られたポスターは、猫の顔のシルエットをかたどった赤いマークの上に、「なめんなよ」の黒い文字が書かれたものと、「THE CRAZY RIDER 横浜銀蠅《よこはまぎんばえ》 ROLLING SPECIAL」のバンド名のもと、リーゼントヘアでサングラスをかけ、黒い革ジャンに白く太いパンツをまとった四人の男たちが、いかついポーズでこちらを見据える写真だ。はじめは亜樹美の再婚相手・大友に遠慮していた沙耶香だが、「自分の好みで自由にアレンジして」と言われたので、そうした。

顔の脇の触角を触り、居心地悪そうにしているかすみに、沙耶香は再度問うた。

「なにしに来た。用件を言え」

かすみもあの日、「飼ってるネコがケガをしちゃって」というメッセージでパーティをドタキャンしている。

「てめぇ」

「パーティのことは、なにも言う気ない。みんなと同じようにしただけだし」

怒りがこみ上げ、沙耶香は立ち上がった。怯えたように身を引きながらも沙耶香から視線をそらさず、かすみは言った。

「奏には気をつけて」

「奏？」

意表を突かれ、沙耶香は動きを止めた。頷き、かすみは続けた。

「電話やメールをしてるんでしょ？　でも、注意して」

「どういう意味だよ。てか、狙いはなんだ？　あいつより、お前を信用しろっていうのか」

　腰を落としてかすみの正面にウンコ座りをし、問い返した。

「好きにして。でも、警告はしたからね」

　沙耶香を見返して告げ、かすみはバッグを抱えて立ち上がった。声をかける間もなく身を翻し、部屋を出て行った。

　なんだ、あれ。玄関から流れてくる「あら、もう帰っちゃうの？」という亜樹美と、わざとらしいほど明るくなにか応えるかすみの声を聞きながら、沙耶香は思った。

　あいつら、まだなにか企んでるのか。疑惑が湧き、警戒と怒りも覚える。反面、以前萌がかすみと奏は「親が遠縁らしくて昔からつき合いがある」と言っていたのを思い出した。続けて、自分に向けられたかすみの眼差しが蘇る。まっすぐで怯まず、強い意志の力が感じられた。つまり、マジだ。

　目を閉じ、沙耶香はさっき奏と交わした会話の一つ一つを思い出した。涼やかで落ち着いていて、優しい声。どきどきして、嬉しくて、気持ちが和らぐ。でも最後に耳に残ったのは、「自分を消したくなる、でしょ？」の言葉と、よく通るのに感情をまるで持たない声だった。

　ほんの一瞬、沙耶香の胸の底をひんやりしたものが走った。

「いや。ないない。菜央たちが、またなんか企んでるに決まってる。かすみはその使い《パシリ》だ」

頭と胸、両方を空にしたくて、沙耶香は頭を大きく横に振って腰を上げた。机の上の財布をつかみ、部屋を出て廊下を進んだ。

「ちょっと、どこに行くの。もう夕飯よ」

すれ違いざま亜樹美に訊かれたが無視して玄関に行き、サンダルを突っかけて部屋を出た。

一階に下りてエントランスを抜け、マンションを出た。まだ外は明るく、黄色味を帯びた日差しが街を照らしている。

駅に通じる大通りを、沙耶香は歩いた。左右にはこじゃれた雑貨店やブティック、カフェなどが並び、行き交う人はみんなカジュアルだが仕立てがよくディテールに凝った、亜樹美が読んでいるファッション雑誌に載っていそうな格好をしている。一方沙耶香は、黄色地に黒のゼブラ柄で、胸に髪の長いギリシャ彫刻のような男の顔、背中に「VERSACE」のロゴ入りのジャージの上下で、前髪を金ラメ入り黒のシュシュで、頭頂部に角のような形に結う、というスタイル。ぎょっとして振り返ったり、冷めた視線を向けてくる人も多い。

場違いで、浮いてて、邪魔者。代官山学園での自分の「立ち位置」そのものだ。それでも紫の型押しクロコダイル模様の長財布をつかみ、沙耶香は前進した。

足を止めたら、見たくないものが見え、聞きたくないことが聞こえ、「立ち位置」そのものが崩れ去ってしまう。そんな気がして仕方がない。

怖い。呼び出しにタイマンに、ステゴロ。どんな修羅場でも感じたことのない恐怖と孤独感に押しつぶされそうになりながら、沙耶香は歩き続けた。


自宅マンションに戻ったのは、日もとっぷり暮れた午後八時前だった。気持ちの整理がついたからではなく、お腹《なか》が空いて我慢できなくなったからだ。

「沙耶香。どこをほっつき歩いてたのよ」

玄関でサンダルを脱いでいると、亜樹美が廊下を駆け寄って来た。Tシャツにジーンズ姿で長い髪を後ろで束ね、淡い青に花柄の胸当てエプロンをつけている。

「散歩。晩飯は？」

訊き返して脇を抜け、リビングに向かおうとしたが、亜樹美にがっちりと腕をつかまれた。

「村瀬先生から電話があったわよ。あんた、ここんとこ学校に行っていないそうじゃないの」

バレたか。「泣きっ面にハチ」とはこのことだ。さらに気が重くなる。

「この前の誕生日パーティが原因でしょ。さっき来た、木村さんて子も関係してるの？」

「うるせえな。放っとけよ」

イラッときて手を振り払おうとしたが、亜樹美はそうはさせず、もう一方の手で沙耶香の顎をつかんで自分の方を向かせた。

「放っとけねえんだよ。お前、先生に『母親は旅行に行ってる』って言ったろ？」

「あんた」が「お前」になった。亜樹美が本気で怒っている証拠だ。沙耶香ははっとして母親を見返した。

「ウソは御法度《ごはっと》。それがルールだ。哀川《あいかわ》翔《しょう》さんの名言に、『家族という名の族』ってのがあるけど、うちらも同じ。総長は私だ」

「はい！　失礼しました」

自然に体が動き、沙耶香は背筋を伸ばして両腕を腰の後ろに回して手を組み、足を肩幅に開いた。援団立ち。ツッパリが改まった場で取るポーズの定番だ。加えて、総長はもちろん先輩、その友人、いわゆる「上」には絶対服従がルールだ。

少し気持ちが和らいだのか、亜樹美は沙耶香の顎と腕から手を放し、息をついた。

「まあね。成り行きを考えれば、わからなくもないけどさ。あんたらの世代にとっちゃ、世界の八割が学校だ。あんなキツいことがありゃ、サボりたくもなるでしょ」

「そうそう、そうなんだよ」

気が緩み、沙耶香は姿勢を崩して亜樹美に向き直った。たちまち、亜樹美が再び顔を険しくする。

「誰が『休め』と言った！　ぶったるんでんじゃねえよ」

「すみません！」

慌てて、再び援団立ちに戻る。

「先生に聞いたけど、萌ちゃんは変わりなく登校してるそうじゃないの。あんたの何倍もキツくて、逃げたいはずよ。それを考えたことあるの？」

「あるよ。考えて考えて考えて……でも、どうしたらいいのかわからねえんだよ」

亜樹美が普通の話し方に戻ったので、沙耶香も戻す。すると亜樹美は両手を腰に当てて胸を張り、沙耶香を正面から見据えた。

「わからねえからこそ、登校するんだろうが。ダラダラサボって、ウダウダ街をほっつき歩いてグダグダ考えてたって仕方がねえだろ。ハンパやってんじゃねえ。ビッとしろ、ビッと。答えは全部、代官山学園高等部にある！」

ドスの利いた声と、「ら行」の巻き舌。パーフェクトな昭和のツッパリぶりと、エプロンの花柄とのギャップがすごいが、沙耶香は顎を上げて斜め上を見、

「押忍《おす》！」

とだけ答えた。

翌朝。嫌々だが沙耶香は登校した。玄関で靴を履き替えて三階に上がり、廊下を進んだ。二年C組の前まで来ると右手に提げたスクールバッグの持ち手を握り直し、大きく一つ、深呼吸。そして、そのままの勢いでドアを開けた。

正方形の教室に机と椅子が等間隔で並び、クラスメイトたちがそれぞれのグループの定位置に固まり、喋っている。一方沙耶香は、ボタンを外した半袖のワイシャツに緩めたネクタイを締め、くるぶし丈のロングスカートの制服姿だ。ワイシャツの襟元からは、金のチェーンに黒のドクロのネックレスを覗かせている。

ちらりとこちらを見たり、仲間同士目配せし合う子もいたが目立った動きはなく、ざわざわとした空気にも変わりはない。つまり、いつも通り。だが沙耶香には、それが怖かった。

「こいつら、変」

思わず呟き、萌を探す。教室の中央のいつもの場所に、愛羅たち仲間と一緒にいた。ショートボブの髪に制服姿で、手には淡いピンクのスマホ。こちらもいつも通りだが、背中を向けているので表情はわからない。

「沙耶香さん！」

声がして、永斗が駆け寄って来た。後ろには奏もいる。

「おはようございます。大丈夫ですか？」

「おう」

本当は「全然大丈夫じゃねえよ」なのだが、プライドがあるので口には出さない。メガネに落ちた前髪を指で払いながら、奏が微笑みかけてきた。

「おはよう。やっと会えたね」

「よ、よう」

笑顔と白い歯がまぶしく、どぎまぎしてしまう。知らず、嬉しさも胸にこみ上げてくるが昨日のかすみの言葉を思い出し、気持ちが冷める。

視線を巡らせ、今度はかすみを探した。窓際の定位置に立ち、手を叩いて笑いながら隣の菜央にしなだれかかっている。凝視しても、こちらを見ようともしない。

「どうかした？」

怪訝そうに、奏が訊ねた。はっとして、沙耶香は首を横に振った。

「いや、別に」

「村瀬先生に頼んでホームルームで時間をもらうから、バースデイパーティの件をみんなで話し合おう」

「気持ちは嬉しいけど、必要ねえ。タイマンでナシをつけなきゃならねえ相手《ヤツ》がいるんだ」

　そう言い残し、沙耶香は歩きだした。まっすぐ教室の中央に行き、萌の後ろに立つ。

「おい」

　萌の返事はなく、振り向きもしない。

「萌。話がある」

　愛羅と仲間の数人が、ちらりと沙耶香を見た。しかし萌は前のめり気味に愛羅たちの方を向いたまま、笑いを含んだ声でなにか喋り続けている。

「シカトかよ。上等じゃねえか」

　覚悟を決め、沙耶香は腕を伸ばして萌の手からスマホをもぎ取った。

「ちょっと！」

　振り向いて萌が立ち上がったので、通路をドアに向かった。抗議の声を上げ、萌が追いかけて来る。奏や永斗、他のクラスメイトたちの視線を背中に感じながら、沙耶香は教室を出た。

　早歩きで廊下を進み、人気のない奥まった場所で足を止めた。すぐに追い付いた萌が、沙耶香の前に回り込む。スマホを取り返そうと手を伸ばしてきたが、一瞬早く沙耶香は頭を下げた。

「ごめん。お誕生日会の件は、本当に悪かった」

早口で、でも心を込めて謝った。面食らったように動きを止める気配があったあと、萌は返した。

「もうどうでもいいし、興味ないから。全部なかったことにしたの。愛羅ちゃんや他の子も謝ってくれて、『これまで通りでやっていこう』って」

「そんなんでいいのかよ。あんな目に遭わされて」

食い下がろうとした沙耶香を遮り、萌はきっぱりと告げた。

「わからない？　こういうの全部、迷惑なの。悪いって思うなら、私に関わらないで。もう二度と、話しかけて欲しくない」

すべての言葉が心を貫き、えぐっていく。しかし予想していたことだ。沙耶香は萌から目をそらさずに返した。

「わかってる。全部私のせいなんだよな。お前の嫌がることはしたくねえし、もう近づかねえよ。でも、これだけは言わせてくれ。昨夜一晩、寝ないで考えた」

「なによ」

沙耶香の眼差しの真剣さに圧《お》されたのか、身構えながらも萌は先を促した。

「愛羅とか他のヤツらとか、お前を大事に思ってねえ連中と一緒にいて楽しいか？　上っ面だけ繕《つくろ》って『立ち位置』とやらを守って、それで満足なのか？」

萌は無言。しかし胸をつかれたように目を見開き、口も小さく開けてこちらを見ている。沙耶香は続けた。

「私はマジでお前を好きだし、友だち、いや、マブダチだと思ってる。『立ち位置』がどうした。そんな目に見えねえもんに振り回されるな。今いるここが、うちらの場所だ」

昨夜ベッドの中で、今朝も駅から学校まで歩きながら繰り返し練習しただけあって、一気に、心を込めて伝えられた。萌も心なしか表情を和らげ、横を向いて考え込むような顔をしている。

「かもね」

沙耶香が見守る中、萌は答えた。

「でも、大友さんの言葉を認めれば、私はいま持っているものを全部棄《す》てることになる。それが二年C組のルールだから。そこまでして、私があなたを選ぶと思う？」

静かで落ち着いた声。丸く大きな目には確信と諦め、さらに沙耶香を憐《あわ》れむような色が滲んでいる。

「だからそれは」

言い返そうとして、先が続かない。

告げた言葉には偽《いつわ》りはなく、自信がある。しかし、萌の答えも正しい。「ツレには心を、マブダチには命を預ける」がツッパリのルール。沙耶香はすでに、萌の心に大きな痛手を負わせてしまっている。

すっ、と萌が手を差し出した。沙耶香はスマホを渡すしかない。黙ったままでいると、萌は沙耶香の脇を抜けて廊下を戻って行った。

10

タイヤを軋《きし》ませ、車は大きくゆっくりとカーブした。後部座席から窓外に身を乗り出した龍児《りゆうじ》が吠えるような声を発し、片腕を夜空に突き上げた。それに倣《なら》い、沙耶香も助手席の窓を全開にし、改造して窓枠の上部に取り付けられた電車のつり革状のハンドルを片手でつかみ、窓枠に腰かける格好で窓外に身を乗り出すという箱乗《はこの》りの姿勢を取った。龍児のように吠えた後、

「地元、サイコー！」

と叫び、周囲を見回す。

小さなロータリー。中央にあちこち黒ずんだコンクリートづくりの背の高いモニュメントがあり、上部から勢いよく水を噴き出している。車道の向こうには、パチンコ店やラーメン店、ドラッグストア、銀行などが並び、正面にはタクシー乗り場。客待ちをするドライバーの中年男が車の脇に立ってペットボトルの飲み物を口に運びながら、鬱陶《うっとう》

しげな視線を沙耶香たちに向けてくる。その奥には、幅の広い長い階段。階段を昇りきった先には、黄色い車体がトレードマークの私鉄電車の駅がある。

車がロータリーを一周し、二周目に入った時、駅の階段を大勢の人が下りて来た。みんな疲れた顔で、脱いだスーツのジャケットを腕にかけた男や、タオルハンカチで首の汗を拭う女がいる。八月に入り猛暑の日が続き、今夜も夜十一時近いというのに気温は三十度近い。

「お仕事、ご苦労さ〜ん！」

煽《あお》るように龍児が声をかけたが、数人が迷惑そうな目を向けただけで、みんな黙々と街灯に照らされた歩道を歩いて行く。

沙耶香もなにか言おうとして、首を突き出して口を開いた。が、ちょうどカーブに差しかかって車体が大きく揺れ、バランスを崩して窓から落ちそうになる。慌ててハンドルを握り、体を引いて逃れた。そのまま窓から降り、助手席のシートに腰を下ろす。

「大丈夫か？」

運転席の蓮司《れんじ》が、黒地に金のラメを散らしたカバーをかけた太いハンドルを握りながら訊いてきた。

「当然でしょ。ちょっと手が滑っただけです」

心臓がばくばくいうのを感じながらも笑い飛ばし、沙耶香は視線を前に向けた。

ダッシュボードの上には純白のボアが敷き詰められ、その上にゲームセンターのクレーンゲームで獲《と》ったぬいぐるみがぎっしりと並べられている。運転席の計器パネルや脇のカーナビ、下のシフトノブの周りを飾るのは、銀色で小粒のラインストーンだ。

「だよな。お前は引っ越すまでバイクの族車の後ろで旗を振ってたんだ。それに比べりゃ、箱乗りなんか楽勝だろ」

カーブに差しかかり、再びハンドルを切りながら蓮司が返す。

四角い顔に横長で四十五度に前傾し、薄い黄色のレンズが入ったサングラス、通称・四五《ヨンゴー》をかけ、髪型は長く伸ばした襟足部分を金色にカラーリングしたオールバック。身につけているのは、白地で半袖、前ファスナーのシャツとハーフパンツ、サンダル。シャツの左胸にはとぐろを巻いたおどろおどろしいヘビの刺繍が入り、右胸部分にはなぜか「NEW YORK」の文字が縦にプリントされている。

車体が大きく横に揺れ、助手席の後ろで箱乗りをした龍児がまた叫んだ。こちらは黒地に金でいかつい骸骨《がいこつ》の頭部のイラストがプリントされた、オーバーサイズのTシャツにジーンズという出で立ち。つり革状のハンドルを握る日焼けした腕には、バーコードや天使の羽をモチーフにしたタトゥーが入っている。

「そうそう、楽勝」沙耶香がそう頷こうとした刹那、龍児の隣に座った女が言った。

「カンが鈍ったんじゃね？」

ちょっと舌足らずで可愛らしいが、ぼそりとして妙な重みのある声。振り向いた沙耶香の目に、後部座席でどっかりと脚を組み、メンソールの細い煙草をふかす女の姿が映る。小柄小太り、蛍光ピンクのジャージの上下という格好で、ファスナーを下ろした胸元とジャケットの裾からペパーミントグリーンの地に、金ラメの水玉模様のタンクトップを覗かせている。

「バカ。なに言ってんだよ、莉奈《りな》。んな訳ねえだろ」

内心の動揺を押し殺し、きつめの口調と眼差しを返した沙耶香だったが、莉奈は無言。パールピンクのグロスでギラつく唇を全開にした車窓方向に向け、煙草のけむりを吐いた。

あっという間に一学期が終わって夏休みに入った。義父の大友は依然仕事で海外にいるため、沙耶香は亜樹美とともに地元・埼玉の亜樹美の実家に戻った。莉奈は小学生時代からのツレで、龍児は高校の同級生、蓮司は二つ上の先輩だ。沙耶香はかつてのように連日、車やバイクで彼らと遊び回っている。

その後も一時間ほど街を流し、沙耶香たちは県道沿いのファミリーレストランに入った。夏休み中とあって、店内には他にも若者のグループが何組かいた。

「とにかく、筋が通らねえことばっかなんだよ」

顔をしかめてため息交じりに言い、沙耶香はストローでアイスコーヒーを飲んだ。地元に戻ってから何度目になるかわからない、代官山学園での生活や出来事のグチを語っていた。

「ブレスレットの一件とか、マジムカつくよな。今からでも殴《ボコ》りに行ってやろうか？」

合成皮革のソファの座面に膝を折った格好で片脚を載せ、コメントしたのは龍児だ。凹凸に乏しい地味顔だが、細く鋭角的に整えられた眉毛だけがいかつい印象だ。入学して半年も経たずに高校を辞めた彼は、塗装工をしている。裾を捲《まく》ったジーンズから覗く足首にも、タトゥーが入っていた。

「いや、いい。騒ぎになって大友さんのメンツを潰すのはヤバい」

「ああ、そうか。しかしあり得ねえ世界だな。金持ちっぷりはもちろんだけど、頭もなしにクラスが成り立ってるとか、マジなのか？」

今度は蓮司が言った。龍児の隣の窓際に座り、くわえた煙草に火を点けながら外の駐車場に目をやる。アスファルトが白いラインで区切られ、手前のスペースにはさっきまで沙耶香たちが乗っていた車が停まっていた。ありふれたミニバンだが、車高は低く太いタイヤを履き、ボディは全面派手なヒョウ柄に塗装されている。今年の春高校を卒業した蓮司は、鳶職《とびしょく》の見習い中だ。

「らしいんですよ。で、なにが起きてもそれが一番なら『なかったこと』にするんだって。みんな当たり前みたいにそれに従ってるし、なにを考えてるんだか。ムカつくの通り越して、薄気味悪いですよ」

「それが筋なんじゃね？」

ぼそりと、沙耶香の隣で声がした。莉奈だ。コーヒーのカップを口に運び、無表情。小太りで団子鼻、口もタラコ唇でお世辞にも美人とは言いがたいが、目だけは大きく切れ長でくっきりとした二重。ゆえに「マスク美人」「目だけは芸能人レベル」と称されている。

沙耶香と龍児たちが視線を向けると、莉奈は口調を変えずにこう続けた。

「『なかったこと』にするのが、そいつらの筋なんだよ」

「なるほどな」

蓮司は頷き、龍児は、

「そんな筋、あり得ねえだろ。俺は許せねえよ」

と、眉を吊り上げてわめいた。沙耶香は無言。言われた言葉を反芻《はんすう》しながら、莉奈の横顔を見つめた。

毒舌で言いたい放題なのは沙耶香と同じだが、莉奈は騒いだりキレたりはしない。溜めるだけ溜めて相手がはっとしたり、ケンカの場合は立ち上がれないほどのダメージを与えるひと言を発するというキャラクターだ。

数日後。沙耶香は莉奈と買い物に行った。二人の自宅から徒歩十分ほどのショッピングモールの敷地内にある『ファンキー・ボーテ』だ。とくに欲しい物がある訳ではないが、田舎街で車もバイクも持っていないため、遊びに行くとしたら徒歩か自転車圏内。近所のショッピングモールか、駅前の商店街のゲームセンターかファストフードショップということになる。

化粧品や香水、アクセサリー売り場を覗いた後、沙耶香と莉奈は店内をさらに奥に進んだ。

狭く迷路のような通路の両側に商品がぎっしり並んだ背の高い棚、頭上のスピーカーから流れるのはボリューム大きめのＪ－ＰＯＰの流行歌。永斗と入った渋谷の店とそっくりだ。しかし客層は、ジャージの上下や派手な柄のＴシャツ、ハーフパンツにサンダルという格好の若者のグループと親子連れの姿が目立つ。

「あ、これ」

しばらくして、沙耶香は呟き立ち止まった。

「なに？」

訊ねながら、前を歩いていた莉奈が近づいて来た。

二人の前の棚には、陶器のマグカップが置かれていた。色もデザインも様々、ネコやネズミ、ウサギなど有名ファンシーキャラクターのイラストが印刷されている。そして傍らには、「お名前やメッセージを入れられます！」のＰＯＰ。

「いや、なんでもない」

目をそらし、沙耶香は棚から離れて通路を進んだ。

萌とは廊下でスマホを返した日以来、一度も言葉を交わしたりメールのやり取りをしたりしていない。それでも、沙耶香の頭には常に萌のことがあり、お誕生日会での出来事を思い出す度に胸が締めつけられ、焦燥感も覚えた。

四十分ほどかけて店内を一周し、二人はファンキー・ボーテを出た。隣のコンビニに入り、沙耶香はアイスキャンデー、莉奈はかき氷を買った。そのまま店舗脇のアスファルトの上にウンコ座りをし、買ったものを食べ始めた。時刻は午後一時過ぎ。一番暑い時間帯だが、今日は湿度が低めなので日陰にいると涼しい。

「く〜っ。マジ、ガリガリ君最高。転校する前は、授業をサボ《フケ》ってよくこうやって食ったよな」

平たく薄い木製の柄をつかみ、スカイブルーでソーダ味のアイスキャンデーを囓りながら、沙耶香は天を仰ぎ声を上げた。隣でアスファルトにカップを直置《じか》きし、プラスチック製のスプーンでかき氷をすくいながら莉奈が訊ねる。

「今の学校の近くには、ガリガリ君売ってないの？」

「売ってるけど、食ってるヤツはいねえ。代わりに学食——カフェテリアって言うらしいんだけど、そこの購買でジェラートとかソルベとかいうのを売ってる。訳わかんねぇし、『ケンカ売ってんのか?』ってくらい高いから買ったことねえけど」

「沙耶香。代官山学園《こう》でなんかあったんでしょ?」

ふいに、莉奈が話題を変えた。とっさに答えられず、沙耶香はアイスキャンデーを口に運ぶ手を止め、莉奈の横顔を見た。二人の前にはコンビニの広い駐車場があり、その向こうは県道。行き交う車は、大型のトラックと路線バスが目立つ。タクシーもたまに通るが、ほとんどが客を乗せていたり「迎車」のランプを点している。東京に越して驚いたことの一つに、「空車＝流しのタクシーが多い」がある。県道の奥は、延々と広がる畑。ハート形を縦に引き延ばしたような大きな葉を青々と茂らせているのは、この土地の名産・サトイモだ。

「いや」

言いかけた沙耶香を遮り、莉奈は続けた。

「こっちに戻って来て会った瞬間にわかったよ。なにがあったにせよ、気に入らないなら立ち去るか、闘って変えるかしかないんじゃね?」

言葉を失う沙耶香。莉奈は視線を前に向けたまま無表情、しかしまっ白ですべすべとして肉付きのいい手は絶え間なくスプーンでかき氷をかき混ぜている。

「あんたの地元はここだ。それはあんたがどこに行こうが一生変わらない。でも、闘うべきリングも相手も、今は代官山にある。そこんとこ、肝に銘じておきな」

言葉の一つ一つが沙耶香の胸にまっすぐに届き、そのうちのいくつかはずぶりと胸に刺さった。突き放されたようなショックと同時に、目が覚めたような気持ちも感じた。

「当たってるよ」

少しの沈黙の後、莉奈が顎で沙耶香が手にしたアイスキャンデーを指した。意味がわからず手元を見た沙耶香の目に、アイスキャンデーの先端から二センチほど覗いている木製の柄の上端が入った。「1本当り」茶色の文字でそう刻印されている。

「もう一本もらって来なよ」

莉奈は今度は顎で傍らのコンビニの建物を指した。さっきから一貫して無表情、ぼそりとした口調も変わっていない。

「ああ、うん」

頷きながらも、沙耶香は動けなかった。胸に刺さった言葉を反芻するのと同時に、頭に萌、続いて奏、永斗、そして菜央たちクラスメイトの顔が浮かんだ。

ぽろりと、齧りかけのアイスキャンデーの欠片がアスファルトに落ちた。それを横目で一瞥《いちべつ》し、莉奈はスプーンに山盛りにしたかき氷を頬ばった。

11

二学期が始まって間もなく、文化祭の準備が始まった。代官山学園高等部では毎年九月の中旬に二日間にわたって行われ、生徒やその友人、家族など大勢の人が訪れる一大イベントらしい。

その日は帰りのホームルームを使い、二年C組の出し物を決めていた。

「なにをやる？　案のある人は申し出て下さい」

司会進行役の奏が、教卓に手をついて教室を見回した。斜め後ろの黒板前の椅子には村瀬が座り、あくびをかみ殺しながら指先でネクタイについたシミを落としている。今日は灰色の地に黒の二種類の平行線を斜めに重ねたシンプルなものだが、目の錯覚なのか、じっと見ていると線と線の間に変な縞模様が現れ、頭がくらくらしてくる。

「取りあえず、模擬店とか劇とかはパス。面倒臭いから」

最初に発言したのは、菜央だ。机に肘をついて座り、両手のネイルをチェックしている。

新学期になって席替えをしたので、今は窓際の列の真ん中だ。

「賛成。展示がいいよ。なんか適当なテーマ決めて、物を並べておくだけ」

仲間の茶髪の男子が賛同する。名前は確か颯汰《そうた》。AV男優か、と思うほどの日焼けは夏休みをハワイかバリあたりで過ごしたからだろう。

「『適当』って言われても、テーマにはそれなりの意味がないと。でしょう、先生?」

奏が後ろを振り向く。視線をネクタイに落とし、指も動かし続けたまま村瀬は返した。

「そうだねぇ。保護者のみなさんの手前もあるしねぇ」

「無難なのは、時事問題だね。たとえば、選挙権年齢を十八歳に引き下げたのをどう思うか。全校にアンケートを採ったり、学者とか政治家とかにインタビューをしたり」

挙手して提案したのは、縁なしメガネをかけたひょろっとした男子。奏のグループの一人だが、すぐに菜央が反対した。

「だから、面倒臭いのはイヤなんだって。学校とか家とかにある物を持って来て、それらしく並べればOK、みたいのはないの?」

「そう言われても」

奏が首を捻った。他の子たちも考え込むような顔をしたり、周りの子と相談したりしている。その中で沙耶香は一人、机に頬杖をついてぼんやりしていた。席替え後も一学期とほぼ同じ位置だが、萌は廊下に近い列の一番前にいってしまった。斜め後ろの席の愛羅と、笑顔でなにやら喋っている。

視線に気づき、沙耶香は顔を上げた。隣の列の二つ前の席に着いた永斗が、首を回してこちらを見ている。息をついて横を向き、沙耶香は右手の中指を立てて見せた。「大丈夫だって」というサインのつもりだ。意図は伝わったらしく、永斗はほっとした様子で前に向き直った。

萌につき合いを絶たれてからも、永斗は変わらずに「舎弟」を名乗り沙耶香に話しかけてあれこれ世話を焼いてくれる。仲を変な風に誤解されて迷惑がかかるのでは、と不安に思ったりもしたが、そんな気配はまったくない。クラス内では永斗も沙耶香も「底辺」扱いで、噂《うわさ》の対象になる価値すらないということか。

「じゃあ、こういうのはどう？」

奏の声に、沙耶香は教壇に目を向けた。

「みんなや家族にとって価値があったり、思い出深かったりする品を持ち寄って展示して、それぞれにまつわる解説文を添えるんだ。題して、『我が家のお宝展』」

「それ、いい。さすがカナタン。うちはセザンヌの油絵を出せるわ。ふだんはパパの会社の応接室に飾ってあるんだけど、頼めば貸してくれると思う……颯汰んちにも、なんかあったよね？」

菜央が頷き、前方の席を窺う。

「あるよ。名前は忘れちゃったけど、じいちゃんの友だちで人間国宝の陶芸家が焼いた壺《つぼ》。確か今、どこかの美術展に貸し出してるけど、文化祭までには戻って来るはず。みんなも、そんな感じのやつが家にあるよな？」

あっさりと颯汰は答え、クラスメイトたちの顔を見回した。すると、あちこちから、

「うん。うちはダリ。リトグラフだからあんまり価値は高くないけど、十枚ぐらいあるから」

「俺、ビンテージのジーンズとスニーカーなら出せるよ。全部合わせて二百万ぐらいかかった」

「パソコンでもいい？　お兄ちゃんのなんだけど、初代のマッキントッシュ。オークションに百万近くつぎ込んで競り落としてた」

と、当然のように声が上がった。

セザンヌの油絵に人間国宝の壺にダリって、それ「我が家の」どころか、みんなのお宝。普通の美術展じゃねえか。こいつら、どういう家に住んでるんだよ。驚きつつも呆れ、思わず沙耶香が心の中で突っ込んでいると、奏と目が合った。

「大友さん、問題ない？」

「えっ？　ああ。いいんじゃねえの」

一瞬、なぜ意見を求められたのかと思ってから、「展示するお宝はあるの？」と心配されているのだと気づいた。

「芸能人絡みでもいいんだろ？　なら完璧だよ。おふくろが矢沢永吉《やざわえいきち》のサインを持って

る。しかもライブ会場で買った『E.YAZAWA』のタオルに、だぜ？」

思わず身を乗り出して捲し立てる。教室内にはしらっとした空気が流れたが、奏は口の端を上げて微笑んだ。

「なるほど。確かに芸能関係もありだね。できれば他にも写真とかポスターとか、ビジュアル的に華やかなものが——水野さんのお父さんって、広告代理店の芳珀堂《ほうはく》のクリエイティブディレクターだよね。手がけた作品を展示させてもらえないかな」

「大丈夫だと思うけど」

ちょっと面食らいながらも、萌が答える。とたんに、後ろの席で愛羅が騒いだ。

「やった〜！　超楽しみ〜。絶対、たくさん持って来てね」

「うん。わかった」

振り向き、萌は頷いた。笑顔がぎこちなく思えるのは、沙耶香の思い込みだろうか。と、二人の目が合った。すっ、と真顔に戻り、萌は顔を前に戻す。

「先生、これで構いませんか？」

奏に話を振られ、村瀬はネクタイをつかんだまま顔を上げた。

「いいんじゃないのぉ。セキュリティーが心配だけど、警備室とかけ合ってガードマンに立ち会ってもらうように頼むしぃ」

「よし。じゃあ、うちの出し物は『我が家のお宝展』に決定。文化祭の実行委員会には、僕が報告しておくから」

　奏が告げると、教室内にはほっとしたような空気が流れ、まばらな拍手も起きた。

「楽しみだね」

　独り言のように付け加え、なぜか奏は沙耶香に目を向けた。萌に視線をそらされたのに気づき、励ましてくれているのだろうか。嬉しいが、ちょっとみじめで恥ずかしくもあり、沙耶香は顔を背けた。


　やがて、文化祭当日になった。沙耶香は永斗に誘われ、校内を回った。

　教室では模擬店や展示、講堂や体育館では劇の上演やバンドのライブとラインアップは沙耶香の前の高校とほぼ同じ。だが、内容は大違いだ。

　模擬店はたこ焼きや焼きそばなど、普通の物もあるが、他にシュラスコやフォカッチャなど、沙耶香が聞いたこともないような品を売る店があった。長くブラジルで暮らしていたり、親がイタリア人という生徒がいるクラスらしい。また、劇の演目がシェークスピア、しかも英語の原文だったり、ライブのセットや照明の派手さはプロ並みだったりもした。

　そしてなにより驚いたのは、トークライブ。日替わりで午前・午後二人ずつ行われ、出演者は映画やドラマ、ＣＭで活躍中の大物俳優や人気お笑いタレント、モデルに政治家。しかも、司会を担当するのも売れっ子ニュースキャスターだ。だが永斗に、「毎年こんなレベルですよ。出演者はみんな息子や娘がうちに通ってるか、入学させたいと思ってるんです。二つ返事でOKして、ギャラも格安のはず」と聞いて納得がいった。

二時間ほどで一回りして、昼前に二年C組に戻った。

「もう教室に入れるよな？　登校した時にはガードマンがいて、『開場時間までC組の生徒も立入禁止。ホームルームは図書室でやる』って言われた時には、蹴りを入れそうになっちまったよ。言い方は丁寧だったし悪意がないのもわかるんだけど、あの制服がダメなんだ。おまわりが頭に浮かんじまってさ」

「展示物に万が一のことがあると大変ですから、仕方がないですね」

階段を上がりながら、やり取りする。生徒やその友人、両親などでごった返し、あちこちの教室から音楽やアナウンスの声が重なり合って聞こえてくる。

「でもまさか、昨日展示物を並べた時点でスマホを取り上げられるとは思わなかったよ」

「セザンヌだのダリだの、誰かが撮影してネットにアップしたら大騒ぎになっちゃいますから。まあ、ちゃんと村瀬先生が職員室のロッカーにしまって、家に帰る時には返してもらえるんだから、いいじゃないですか」

「そりゃそうなんだけど、地元のダチに写真を送りたかったんだよ。『見に来いよ』って誘ったら、『新宿《しんじゆく》と池袋《いけぶくろ》以外の東京はハードル高すぎる』とか『いっそ千葉《ちば》か茨城《いばらき》ならよかったのに』とか断られちまってさ」

口を尖らせ、沙耶香は長いスカートの裾を蹴るようにして三階の廊下を進んだ。半歩後ろを、永斗がついて来る。

「すげえな」

「ですね」

廊下の中ほどまで来たところで沙耶香は歩を緩め、永斗が頷いた。

十五メートルほど前方に二年C組の教室があるのだが、前後のドアの周りに人だかりができている。教室に入りきれない人がたまっているようで、ほとんどが制服を着た代官山学園高等部の生徒。みんな興奮した様子で背伸びして室内を覗いたり、周りの子となにか喋ったりしている。

「でも、セザンヌやダリであそこまでテンション上がるか？　みんな金持ちなんだし、似たような物が家にあるだろ……あ、ひょっとして私の展示か？　天下の永ちゃん、しかもタオルにサインだもんな」

「それはどうかと。萌さんの展示じゃないかな。事務所に特別に許可をもらって、お父さんの仕事相手のアイドルのオフショットとかサイン、ＣＭで着た衣装なんかも飾ってるはずだから」

そう言って、永斗が歩きだす。沙耶香も続き、二人で教室に向かった。

「おいコラ、どけ！」

沙耶香の一声でドア前の人だかりがぱっ、と左右に分かれる。「コラ」のラは巻き舌だ。

「すごいですね。ベタなたとえで恐縮ですが、正に映画『十戒《じっかい》』における海が割れるシーンそのもの」

人だかりの間の狭い通路を進みながら、後ろから永斗が興奮気味に囁いてくる。

「『十戒』？　中森明菜《なかもりあきな》の曲か。おふくろがよくカラオケで熱唱してるよ」

そう返し、沙耶香は通路を進んで教室に入った。

机にベルベットの布をかけて、壁際や教室の中央に並べている。その上に個々の展示物が置かれ、脇に出品者の氏名とキャッチコピー、展示物との関係や解説を記したボードが添えられている。展示台の脇や壁には「撮影禁止」「展示物には手を触れないで下さい」の貼り紙もされ、ガードマンも数人立っていた。

教室内は満員で、エアコンが効かないほどの熱気が漂っていた。セザンヌやダリ、壺の前には大人が集まり、ジーンズやスニーカー、パソコンなどは若者が取り囲んでいる。

じゃあ、私のは？　と沙耶香は教室の隅に置かれた自分の展示物をチェックしたが、がらんとしていて、通りかかった親子連れの子どもがタオルのサインを指し、「ママ、これ誰？」と訊ねる声が耳に届いた。

「ねえ、マジなの？」

「らしいよ。超ヤバいって」

がっかりしている沙耶香の脇を抜けて制服を着た女子が二人、教室の奥に走っていった。つられて目を向けると、壁際の中央に人だかりができている。廊下の生徒たちも、同じ方向を見ているようだ。

「やっぱり萌さんの展示だ。さすがですね」

「なんだよ。永ちゃんだって、うちらツッパリにとっちゃスーパーアイドルだぜ」

グチりながらも永斗に促され、沙耶香は人だかりに近づいた。こちらもほとんどは代官山学園高等部の生徒で、押し合いへし合いしながら前方を見たり、周りの子と騒いだりしている。

「ぎゃあぎゃあうるせえ。散れ！」

一喝《いっかつ》すると、生徒たちは驚いて振り向き道を空けた。スカートのポケットに両手を突っ込み、沙耶香は永斗を従えて展示台に歩み寄った。

机は深紅のベルベットの布で覆われ、後ろの壁にも同じ布が張られている。しかしそこには、昨日準備の時に置かれていた額縁入りのポスターやサイン色紙、衣装などはなく、全然違う物が飾られていた。

縦十センチ、横十五センチほどの大きさの写真。全部で百枚近くあるだろうか。机にも壁にも隙間なくびっしりと貼り付けられ、構図は縦横、アップ、引きと様々で、身につけているのもジャージやポロシャツにパンツと違いはあるが、被写体はすべて同じ人物。代官山学園高等部の体育教師兼二年C組の副担任・加藤ジュンだ。

「なんだよ、これ」

呆然として、沙耶香は呟いた。隣で永斗も固まっている。

写真は壁の一番目立つ位置で、「LOVE」の文字の形に並べられ、机にも「FROM MOE」と並べられている。傍らのボードには、「水野萌　密《ひそ》かにスマホに撮りためた衝撃のコレクション！　女同士、しかも生徒と教師……でも、禁断の想いはもう抑えられない。私、カミングアウトします!!」とワープロの文字で大きく打たれている。

「どうなってんだ。まさか萌が」

「いや、違うでしょう。萌さんのキャラから言ってもこんな」

「じゃあ、誰が」

驚きと焦り、不安がないまぜになった気持ちで、沙耶香は左右を見た。まず視界に入ったのは、木村かすみ。人だかりの最前列の端に立ち、胸の前で軽く腕を組んでこちらを見ている。表情はなく、眼差しからもなんの感情も読み取れないが、目力は妙に強い。

そして隣には、菜央と愛羅。写真を眺めては顔を見合わせ、きゃあきゃあと騒いで笑っている。周りには菜央の仲間と、萌を除いた愛羅のグループのメンバーもいた。

かちりと、沙耶香の頭の中で回路がつながった。同時に激しい怒りが胸を突き上げる。歩きだそうとした刹那、菜央と愛羅、他の生徒たちの声と動きが止まり、一斉に首を後ろに回した。

萌がいた。制服姿で両腕をだらりと体の脇に垂らし、人だかりの隙間をふらふらと進んで来る。机の少し手前で立ち止まり、飾られた写真にゆっくりと目を走らせた。

周りの生徒たちを突き飛ばし、沙耶香は萌に歩み寄った。肩に手を置き声をかけようと顔を覗き込んだ瞬間、言葉を失った。

まっ白で、まったく表情のない顔。目は大きく見開かれているが、虚ろで瞬きさえ忘れている。こんな状態の人を見るのは初めてだ。

知らず、沙耶香は手を引っ込めていた。それが合図のように、萌はくるりと身を翻した。上半身を硬直させたまま足だけを動かし、元来た道を戻って行く。顔は無表情、目は瞬きを忘れたままだ。

「萌！」叫んで、後を追いたかった。しかし喉が詰まり、体は強ばって動けない。ただ鼓動だけが、どくどくと勢いを増していく。

沙耶香と永斗、他の生徒たちの視線を浴びる中、萌はまっすぐドアを目指し教室を出て行った。

そのまま、萌は早退してしまった。写真の前に群れる生徒たちは絶えなかったが、沙耶香は次の行動に出た。


「なにすんのよ！　放して」

「痛い～！　やめてよ～」

菜央が暴れ、愛羅は騒いだ。しかし沙耶香は両手で二人の腕をがっちりつかみ、廊下を引っぱって行く。おろおろと永斗が後をついて来て、すれ違う人たちが何ごとかと振り返った。

突き当たりの目立たない場所にあるトイレのドアを開け、菜央と愛羅を中に押し込んだ。振り向き、永斗に告げる。

「お前はここで見張ってろ。誰か来たら、『故障中だから、他のトイレを使え』って言えよ」

「そんな。なにをする気ですか」

「決まってんだろ。タイマンを張るんだよ。私の地元じゃ、女のツッパリのタイマンはトイレってのが掟なんだ。本当は一対一がルールだし、双方のツレが入口に向かい合って立って、ガン飛ばしながら教師や他の生徒が来ないか見張る決まりなんだけど、私が菜央たちを引っぱったら仲間は逃げちまったから仕方がねえ」

そして永斗の返事を待たずにドアを開け、トイレに入った。菜央と愛羅の肩を押し、一番奥の個室に押し込み、自分も入ってドアを閉める。「タイマンは一番奥の個室で」も掟の一つだ。

「やだもう、なによ」

「汚い～。狭い～」

白い便座を挟んで睨む沙耶香に、菜央と愛羅が抗議する。ちなみに便座はタンクレスのシャワートイレで、流水音機能付き。掃除は生徒ではなく、清掃業者が行っているのでピカピカだ。

「萌の展示物は、お前らの仕業だろ。どういうつもりだ？　お誕生日会であれだけ痛めつけて、まだ足りねえのか」

薄暗がりの中で首を傾け、沙耶香は斜め下から向かいにガンを飛ばした。狭いスペースで身を寄せ合うようにして立って、菜央は、

「はあ？　なにそれ」

と顔をしかめ、愛羅は、

「訳わかんな～い。てか、八つ当たりは止めて欲しいんですけど～。嫉妬？　三角関係のもつれってやつ？」

と鬱陶しげに返す。すると菜央が噴き出した。

「うわ、キモっ。てか、エグすぎ」

「三角関係？　どういう意味だよ」

沙耶香が問うと、菜央たちは顔を見合わせ、にやにやと笑った。

「またまた。萌とあんたとジュン先生に決まってるじゃん」

「萌ちゃんは前からスマホばっかいじってて、ジュン先生を追いかけ回してたし、あり得るかも〜って感じだけど、大友さんがそっち系っていうのは意外〜」

「そっち系ってどっち系だ。はっきり言え！」

「こわ〜い。怒鳴らないでよ〜。決まってるじゃん、ゲイっていうか、百合《ゆり》系っていうか、女が女を好きになるってやつ」

「えっ!?」

思わずのけぞり、沙耶香は体のバランスを崩しかける。転びそうになって壁に手をついた拍子に便器の操作パネルの「流す」ボタンを押してしまい、個室内にジャーと、勢いのいい洗浄音と間の抜けた沈黙が流れた。

便器越しに身を乗り出し、怪訝そうに自分を見ている二人に沙耶香は問うた。

「じゃあ、萌はジュン先生に惚れてたのか？　『LOVE』ってそっちの意味だったのかよ！」

混乱した頭に、この春の図書室での萌の姿が浮かぶ。スマホの画面に向けた真剣で熱っぽい眼差し。そして、「私のジュン先生とあなたの族車じゃ、『好き』の意味が全然違う」という言葉……。

「そうか。そういう意味だったのか」

あの時気づいてやれれば。いや、気づいたとして自分になにがしてやれたのか。逡巡しているうちに胸が熱くなり、締めつけられもした。

「今さらなにとぼけてんの。てかあんた、顔が赤いんだけど」

「やだ〜。大友さんてば、そんな格好してるけど意外とピュア？　これが初恋、恋人いない歴＝年齢ってやつだったりして〜」

「う、うるせえな！　関係ねえだろ」

核心を突かれ、ついうろたえてしまう。顔に加えて耳まで赤くなっていくのがわかった。家庭環境、はたまた「ツッパリは硬派。ナンパも合コンも禁止」という亜樹美直伝の掟の影響か、愛羅の言う通り沙耶香は今まで男子と付き合ったことがない。友だちは大勢いるし、「いいな」と思う相手ができたこともあったのだが、周りの目が気になったり、どうアプローチしていいのか迷っている間に、うやむやになってしまった。

手のひらで自分のほっぺたをぱしぱしと叩いて気合いを入れ直し、沙耶香は便器の向こうを改めて見た。

「とにかく、教室のあれの犯人はお前らだろ？　萌のスマホから写真のデータを盗み、昨夜のうちに展示物を入れ替えたんだ」

「だから違うってば。昨日今日とスマホは取り上げられちゃってるじゃん」

「そうだよ〜。それに入れ替えるっていっても、展示の準備をしてる間はずっとガードマンがいて、うちらが帰った後は、教室のドアにカギをかけちゃってたよ。無理だって〜」

「……確かに」

言われてみればその通りだ。写真のデータは昨日以前に隙を突いて盗むことはできるかもしれないが、展示物を入れ替えるのは不可能。つまり菜央や愛羅ほか、クラスのみんなにアリバイがある。


それ以上追及できず、二人を解放した。頭が混乱したまま、しかしいても立ってもいられず、沙耶香は廊下を戻った。

と、前方に見覚えのある顔があった。かすみと村瀬。廊下の端で立ち話をしている。

「あいつらなら、なにか知ってるかも」

後ろをついてくる永斗に告げ、沙耶香は足を早めた。とくにかすみは、夏休み前の来訪とさっきの展示物の前での態度が気になる。

近づいて行くと、二人の会話が聞こえた。

「――だから、見かけたら職員室に来るように言ってくれないかなぁ。うっかりどこかに忘れちゃったみたいでぇ」

「はあ」

眉を寄せた困り顔で語りかける村瀬に、かすみがちょっと迷惑そうに相づちを打っている。

「まあ、すぐに見つかるとは思うんだけどぉ。他にスペアを持ってる人は、いないからぁ」

再び相づちを打ちかけてやめ、なぜかかすみは、はっとしたように顔を上げた。同時に、沙耶香が二人の脇に到着する。

「ちょっと聞きてぇんだけど」

その声に、かすみが振り向いた。一緒に顔のサイドに垂らした触角ヘアが揺れ、片側の頬に張り付く。

「大友さん」

混乱したような、それでいて妙に光の強い目でかすみが見る。その反応に面食らいながら、沙耶香は訊ねた。

「教室の萌の展示、見ただろ？　ありゃ一体どういう――」

「来て」

言うなり、かすみは沙耶香の手をつかんだ。廊下を教室とは逆の方向に歩きだす。

「木村さん！　話が終わってないよ」

村瀬の言葉にも耳を貸さず、かすみは沙耶香を引っぱり足早に廊下を進んで行く。

「おい、なんだよ。話があるのはこっちも同じだけど」

「水野さんの件でしょ？　なら、今わかったの。多分やったのは──」

「大友さん！」

かすみの声にかぶさるように、後ろから男子に呼ばれた。振り向くと、奏。人波を縫い、教室の方向から駆け寄って来る。

「水野さんの展示見た？　大変だよ」

「ああ。その件で、いま話を」

「早く写真を剝がさないと。どんどん見物人が増えてる」

沙耶香たちの数メートル手前で足を止め、奏は後ろを指した。切羽詰まった口調で、顔も青ざめている。

「そうか」

頭に血が上り、展示物の撤去を忘れていた。身を翻し、沙耶香は奏に駆け寄ろうとした。その腕をぎゅっ、とかすみがつかむ。

「行っちゃダメ。話を聞いて」

「でも、写真を剝がさねえと。これ以上萌を傷つけられねえ。話ってなんだよ」

「ここじゃ言えない。いいから、来て」

前方を窺い、声のトーンを落としてかすみが訴える。と、また奏が言った。

「大友さん！」

「早く行かないと」

永斗にも促されて焦りが増し、沙耶香は肘を曲げてかすみにつかまれた腕を引いた。しかし、かすみは手を離さない。

「なんだかわかんねえけど、話なら明日聞くから。朝一で、必ず」

「今日じゃなきゃダメなの！」

かすみが叫んだ。だだをこねるような、それでいてすがりつくような声と眼差しだった。違和感を覚えた沙耶香だったが、また奏に急かされた。

「大友さん、早く！　先生たちに見つかったら大変だよ」

「ごめん。明日、必ず！」

早口で告げ、沙耶香はかすみの手を振り払い、走りだした。永斗も続いたが、かすみは動かない。代わりに、

「明日じゃ遅いんだってば」

という惚《ほう》けたような囁きが、耳に届いた。

12

翌日も文化祭は行われた。展示物は撤去したが、萌は学校に来なかった。何度電話やメールをしても反応がないので予想はしていたが、沙耶香は落ち着かず、永斗と手分けをして愛羅ほか、登校して来たクラスメイトたちに萌の動向や展示物入れ替え犯の情報を求めた。

「手がかりなしです。同じグループの人も何人か連絡したそうですけど、ノーリアクションだったみたいです」

朝のホームルーム開始を告げるチャイムが鳴る中、永斗が申し訳なさそうに報告に来た。今日もC組の生徒たちは教室ではなく、図書室にいる。

続けて、

「そういえば、木村さんも来てませんね」

と言われ、沙耶香は初めて昨日のやり取りを思い出した。

「本当だ。話ってなんだったんだろう。あいつ、変だったよな」

テーブルから立ち上がり、部屋の隅でスカートのポケットからスマホを取り出した。かすみの連絡先は知らないので、通りかかった同じグループの女子から聞き出す。

まず電話をかけた。短く呼び出し音が鳴った後、流れてきたのは「おかけになった電話番号は現在使われておりません」のアナウンス。メールを送ると、「host not found」で返ってきてしまった。聞き間違えたのかと事情を伝え、菜央他かすみの仲間にも連絡を取ってもらったが結果は同じだった。

「えっ、どういうこと？」

「昨日まで連絡取れてたよねえ？」

「うん。私、放課後に駅で普通に『バイバイ』って別れたよ」

菜央たちが騒ぎだし、他のクラスメイトたちにもざわめきが広がった頃、図書室のドアが開いた。受付カウンターの前を通り過ぎ、並ぶテーブルに着いたみんなに近づいて来たのは、奏。後ろには、出席簿を手にした村瀬もいる。

テーブルの前に立ち、奏はみんなを見渡して告げた。

「報告があります。木村かすみさんが、昨日づけで転校しました」

「ウソ!?」

まず菜央が声を上げ、立ち上がった。続けて仲間たちも「聞いてない」「なにかの間違いだろ」と騒ぎ、他の子たちもざわめいた。

「はぁい、落ち着いて」

手を叩き、奏の隣に村瀬が立った。今日もスーツは地味だが、ネクタイは派手で、赤地に白のネコの足跡に似た細かな模様が散らされている。

「転校はおうちの事情で、前から決まってましたぁ。ただ、木村さんの希望でみんなには知らせなかったんですぅ」

「なんで!? ひどすぎ。あり得ない!」

菜央が泣きだし、近くの席の仲間がなぐさめるために席を立つ。

「そうだよ。わかってりゃ、送別会でもなんでもやれたのに」

「転校ってどこに? 住所とか教えて下さい」

他の仲間たちも次々と手を上げ、立ち上がった。とたんに、村瀬は眉を寄せてわかりやすく狼狽《ろうばい》した。

「それはちょっと。いろいろ事情があって」

「実家の和菓子屋さんが倒産して、お店も自宅も手放すことになったんだよ」

告げたのは奏だ。みんなのざわめきが一挙に大きくなり、村瀬はぎょっとして隣を見上げた。

「か、片岡くん。それは」

「いいんですよ。彼女とは遠縁だし、僕も当事者と言えば当事者ですから。お店の経営が傾いて、支店を閉じたり従業員を減らしたりしてがんばったけど、ダメだったらしいよ。負債も膨らんで、ずいぶん前からうちの学費も滞納してたって。でもご両親も木村さんもひた隠しにしてて、僕もさっき先生から聞くまでなにも知らなかったんだ」

「倒産って、マジかよ。かすみんちって、江戸時代からの超老舗だろ？」

「店も自宅も売るって、キツすぎでしょ。考えられない」

「てか、学費滞納って引くんですけど。かすみ、平気な顔してたよね？」

「うんうん。買い物とか遊びとかも、普通にうちらと一緒にやってたし。あれ、お金はどうしてたの？」

　図書室内の空気が、驚きから嘲笑を含んだ憐れみに変わっていく。そのことに沙耶香は違和感と憤り、そして寒気を覚えた。しかし、頭を占めるのは昨日のかすみとのやり取りだ。

「今日じゃなきゃダメなの！」「明日じゃ遅いんだってば」すがりつくような眼差しと、惚けたような声が響く。そして腕にはっきりと残る、かすみの手の感触……。

「かすみ。『話』ってなんだよ。私になにを伝えたかったんだよ」

　知らず、言葉が漏れていた。しかし興奮した様子で顔を見合わせ、喋っているクラスメイトたちは気づかない。唯一、永斗の視線を感じた。

「奏には気をつけて」ふいに、自宅マンションを訪ねて来た時のかすみの言葉が蘇った。そして再生される、昨日の廊下でのかすみ、奏とのやり取り。

　じわりと、冷たいものが胸の底に湧いた。かすみが訪ねて来た後に感じたのと、同じものだ。あの時感じたのは、ほんの一瞬。頭を一振りして立ち上がるだけで、消え去った。でも、今度は体が強ばって動かない。

冷たいものは胸いっぱいに広がり、沙耶香は半袖のワイシャツから伸びた二の腕に鳥肌が立つのを感じた。

こみ上げるものから逃れたくて、沙耶香は首を横に回した。そこには奏。みんなの顔を見回し、時々村瀬も振り向きながら話を続けている。表情は真剣だが眼差しは柔らかく慈愛に溢《あふ》れ、一点の曇りもない。

ぞくりと、はっきりした恐怖が沙耶香を襲った。同時にその下から、熱くたぎるような想いが頭をもたげる。

「奏。お前」

その先を言葉にしたくて、でもそれを強く引き止める、自分で自分にすがりつくような力も感じて口が動かない。

答えを求め、沙耶香は奏を見つめた。いつもならすぐに気づき、温かな眼差しと笑顔を返してくれる。しかし今は、まっすぐ前を向いたまま話を続けている。なにもなかったのか。それとも「なかったこと」にしたのか。一時も休むことなく、言葉に詰まったり迷ったりする様子もない。

沙耶香は両腕に鳥肌を立て、同時に指先が赤くなるほどきつく拳を握りながら、奏の整った顔を見つめ続けた。

13

「大友沙耶香様
そういう仲でもないし、白々しいから挨拶や事情説明的な前置きは省略。てか、もう知ってるでしょ？

文化祭の日、大友さんに話したかったのは水野さんの写真のこと。

前日と当日は、クラス全員スマホを取り上げられて、夜は教室のドアにカギがかけられてた。教室とロッカーのカギを持ってるのは、村瀬先生。でもね、他に一人だけスペアキーを預かってる子がいるの。

クラス委員、つまり奏よ。

二年C組の中で奏だけは、なにかの理由をつけて職員室に入り、ロッカーを開けて水野さんのスマホを手にできる。で、写真のデータを取り出してプリントアウトして、文化祭前日の夜か当日の朝にあの展示をした。

っていうのが、私の推理、てか想像。

子どもの頃から知ってるけど、奏はすごくいい子。明るくて優しくて、頭がよくて。

でも同時に、どこか怖かった。ほらよく、病院の手術室とかにある無影灯っていうの？絶対に影ができない照明。あんな感じで、なに考えてるかわかんなくて、笑顔の奥にとてつもなく暗くて黒いものを抱え込んでる気がしてた。でもそれが大友さんが転校して来た頃から、ちょっとずつ、じわじわ表に滲み出てくるようになったの。

正直、始めのうちは、『面白い。どうなるんだろ』って思ってた。けど、水野さんの写真はさすがに引いた。バースデイパーティの件も、たぶんドタキャンを焚きつけたのは奏だよ。

あと、ついでに一つ告白。

お互い様だと思うけど、私は大友さんのこと好きじゃない。でもあなたに会って、ほっとしたんだ。

うちの親の店がヤバくて代官山学園にいられなくなるのは、二年生に進級した時点でわかってたの。でも恥ずかしくて菜央とかグループのみんなには言えなくて、すごく辛くて不安だった。そしたら、大友さんが転校して来て。浮きっぷりと孤立っぷりのすごさに、なんかシンパシー感じちゃって。センスとかキャラとか『あり得ない』と思いながらも、ずっと気にしてた。だからブレスレットの事件で菜央が大友さんに迫った時も、『なんとかしなきゃ』と焦ってたら、石原のカメラを見つけたんだ。水野さんのバースデイパーティの一件のあと、あなたの家に行ったのも同じ気持ちから。ありがたく思ってよね。まあ、今さらだけど。

今、私がどこにいると思う？　なんと埼玉。

しかも転校先は地元の公立高校。そこそこの進学校ではあるんだけど、通学は自転車だわ、制服はダサいわ、教室とかトイレの掃除も自分たちでしなきゃならないわ、なんていうか『ぬるい地獄』。でも、多少でも大友さんとつき合いがあったせいで免疫的なものができてるっぽくて、なんとかやっていけてる。感謝……は死んでもしないけど、ブレスレットとバースデイパーティの件は、これでチャラってことで。

奏をどうするかは、任せる。大友さんのことだから、絶対なにかやらかすんだろうけど、くれぐれも注意して。なにがどうなったか風に乗っていつか耳に入るのを、楽しみにしてるから。

じゃあね。

木村かすみ」

沙耶香が手渡した手紙を、永斗は三回読み返した。見る見る表情が曇り、太く黒々とした眉の間にシワが寄る。それを隣で眺めながら、沙耶香は言った。

「昨日届いたんだよ。私は十回ぐらい読んだ。『シンパシー』の意味がわからなくて、スマホで検索かけちまったよ。共感ってことなのな。かすみの立場とか考えりゃ、『かもな』で『言ってくれてりゃ』とも思うけど、それであいつと友だちになれたか、っていうと……やっぱ無理」

「そんなことより、奏ですよ。僕は信じられない。幼なじみでずっと親切にしてくれてるし」

手紙を返し、永斗は首を横に振った。

「ああ、それな。薄々気づいちゃいたけど、クラスの頭はあいつだった、ってことだな。スペアキーを持ってるのは、事実なんだろ？」

「でも、いわゆる状況証拠ってやつですよ。木村さんも『想像』って書いてるでしょう」

座り込んでやり取りする二人の間を、からりとしてちょっと冷たい風が吹き抜けていく。

代官山学園高等部・体育館裏、昼休み。文化祭から二週間ほど経って十月になり、制服は冬服に替わった。沙耶香は今日もワイシャツのボタンを外してネクタイを緩め、スカートは超ロング丈。肘の手前までまくり上げたブレザーの裏地は、光沢のあるサテンに般若《はんにゃ》の面がプリントされたもの。前のヒョウ柄に飽きたので、張り替えた。

「まあな」

「それに万が一、展示物入れ替えの犯人が奏だったとして、動機はなんですか？　あいつと萌さんに大したつき合いはないし、あんなひどいことをする理由は一つもない」

「わかってる。けど、この手紙はかすみからのメッセージであるのと同時に挑戦状だ。このまま、って訳にゃいかねえよ」

パールがたっぷり入った濃い紫のマニキュアで飾った指で前髪を掻き上げ、沙耶香は返した。

「先生やクラスのみんなに訴えるんですか？　奏は否定するだろうし、相手にされませんよ。逆に木村さんが犯人で、奏に罪をかぶせようとした、とか受け取られるかも」

「ごちゃごちゃうるせえな。とにかく、私は動くと決めたんだ」

舌打ちして横目で永斗を睨み、沙耶香は立ち上がった。沙耶香とは違い、きちんと規則通りに制服を着ている永斗だが、涼しくなってきて食欲が増し、お菓子でも食べすぎたのかちょっと太ってブレザーの肩のあたりがきつそうだ。

「動くって、なにをするんですか？」

「会って話さなきゃいけないヤツがいる。まずそこからだ」

手紙を折りたたんでスカートのポケットに入れ、沙耶香は歩きだした。

「ヤツ？　これから行くんですか。授業は？」

慌てて立ち上がり、永斗が後をついて来た。

萌の自宅は、渋谷区の代々木上原《よよぎうえはら》にあった。

駅から少し離れると、しゃれた大きな一戸建てと低層の高級マンションが並ぶ住宅街になった。坂の多い街で、それは自由が丘と同じなのだがこちらの方がアップダウンがキツく、クラス名簿の住所とスマホの地図を頼りに歩く沙耶香と永斗はすぐに息が上がり、軽く汗ばんでしまった。

さんざん迷って、目的地に辿り着いた。豪邸と言うほどゴージャスではないが、コンクリート打ち放しの外壁と大きな窓のしゃれた二階建てだ。

こちらもコンクリート打ち放しの門柱に歩み寄り、インターフォンのボタンを押した。

「はい」

インターフォンパネルのスピーカーから、少しくぐもった女性の声が応えた。萌の母親だろう。

「代官山学園の大友です。萌さんに会いに来ました」

沙耶香が告げると母親は一瞬黙り、「ちょっと待ってね」とスピーカーのマイクを切った。

五分ほどして玄関のドアが開き、四十代半ばぐらいの女が出てきた。デニムのチュニックにホワイトジーンズという姿で、ダークブラウンにカラーリングしたセミロングヘア。前髪を額に斜めに下ろしている。萌の小柄で丸顔なところは母親譲りのようだ。

「こんにちは」

「こんにちは。突然すみません」

永斗が挨拶を返し、沙耶香は会釈をした。戸惑いと警戒心が入り交じったように丸い目を動かして沙耶香の風体を眺めてから、母親は告げた。

「萌に伝えたんだけど、『誰にも会いたくない』って言ってるの。ごめんなさいね」

「じゃあ、これを読んでもらって下さい。待ってますから」

予想通りの返事だったので、沙耶香はポケットから木村かすみの手紙を出した。戸惑いながらも受け取り、母親は家に戻った。

二階が萌の部屋とあたりをつけ、並んだ窓を眺めながら待つこと約十五分。再び母親が出てきた。

「どうぞ。入って」

ほっとして、沙耶香と永斗は身を翻して玄関に戻る母親の後に続いた。

黒と白のモザイクタイル張りの三和土で靴を脱ぎ、家に上がった。母親は玄関脇の曇りガラスのドアを開け、二人を部屋に通した。広々としたリビングで、二階までの吹き抜け。床はフローリングで、室内も壁はコンクリート打ち放しだ。天板が乳白色のガラスのダイニングテーブルと椅子、白い革張りのソファなどが置かれ、中央には鉄製の白い螺旋《らせん》階段がある。突き当たりの背が高く大きな窓には、白いブラインドが下ろされていた。

母親に案内されて階段を上がり、二階の廊下を進んだ。いくつか並んだ鉄製のドアは青や赤など異なる色に塗られ、母親は一番奥の緑のドアの前で足を止めてノックした。

「萌、いらしたわよ……どうぞ」

レバーを握ってドアを開け、母親は沙耶香たちを振り返った。会釈をして、沙耶香は永斗とドアの中に入った。

沙耶香の部屋より少し狭い。壁際に作り付けの白い棚と、ベッド、ガラスのローテーブル。反対側の壁際には、ノートパソコンが載った勉強机と椅子もあった。コンクリート打ち放しの無機質な壁に対し、棚や机に置かれた雑貨とベッドカバー、カーテン等のリネン類は明るいパステルカラーだ。

萌はベッドに腰かけていた。淡いブルーのハート形のクッションを抱えて背中を丸め、俯いている。向かいのローテーブルには、さっき沙耶香が母親に渡した手紙が載っていた。

「『授業はどうしたの？　サボり？』とか訊くなよ。お前こそ、文化祭の翌日から『体調不良』って言って、登校してないんだから」

いつまで経っても萌がなにも言わず、動きもしないので沙耶香の方から突っ込んでみる。それでもリアクションがないので、歩み寄って顔を覗こうとすると萌は口を開いた。

「五分だけよ。ママが、『五分でいいから、話しなさい。じゃないと、私が手紙を読むわよ』って言うから」

抑揚のない声。視線は床に向いたままだ。構わず、沙耶香はローテーブルを挟んだ向かいに胡座《あぐら》をかいて座った。少し距離を置き、永斗も正座する。

「手紙、読んだか？」

顎でローテーブルを指し、沙耶香は訊ねた。萌が小さく首を縦に振る。

「わかったろ？　犯人は奏だ。お前、あいつとなにかあったのか？」

「ない。あったとしても、どうでもいい。もう学校には行かないから」

「転校するんですか？」

永斗が訊く。言葉は遠慮がちだが、心配そうに萌の横顔を見ている。しばらく会わない間に萌はげっそりとやつれ、丸顔が面長になりかけている。睡眠もあまり取れていないのか、目の下には隈《くま》ができていた。

「わかんない。放っておいてよ。関係ないじゃん」

苛立ったような口調で、萌はさらに背中を丸め顔を背けた。身を乗り出し、沙耶香は返した。

「なくねえよ。その手紙に書いてあるだろ。奏は私が転校して来てから変わったんだ。お誕生日会の件もヤツが仕組んだんだとしたら、また私がお前を巻き込んじまったことになる」

　萌は無言。沙耶香は続けた。

「本当はこの前みたいに、いいや、今度は土下座をして謝りたい。でも、しねえ。その前にやることがあるからだ。なにがどうなってんのか白黒つけて、奏の野郎とナシをつけねえと――」

「やめてよ！」

　ふいに萌が声を荒らげ、体を起こして沙耶香を見た。

「誰がやったとか、なんでやったとか、どうでもいいんだってば。みんなにあの写真を見られて、私のことを知られたっていうのがイヤなの。たまんないの！」

「『こと』ってなんだよ。隠し撮りはまずいとしても、ただ人を好きになったってだけだろ。どこが悪いんだよ」

「きれいごと言わないで。本当はあんたたちだって、引いたんでしょ？　気持ち悪いって思ってるんでしょ？　はっきり言いなさいよ」

　クッションを傍らのベッドの上に叩きつけ、萌も身を乗り出した。丸く大きな目は充血し、潤んでいる。それを見返し、沙耶香は答えた。

「驚きはしたけど、引いちゃいねえし、気持ち悪いとも思わねえよ。いいじゃねえか、誰が誰を好きでも。前にうちのおふくろが言ってた。『恋は人生の落とし穴。〈する〉もんじゃなく〈落ちる〉もんだ。まっすぐ前を向いてても、よそ見をしてても、下ばっかり向いてても、落ちる時にはズドンと落ちる。お笑い番組のコントみたいに』って。私にはいまいちよくわからねえけど、間違っちゃいねえと思う。とくに『お笑い番組のコントみたい』ってところが、リアルっていうか絵面が浮かぶっていうか」

我ながら支離滅裂、それ以前になにを言いたいのかもわからない。ただ、気持ちは本当だ。萌が黙ったままなので、沙耶香はさらに続けた。

「それに色恋は苦手だけど、お前がジュン先生をどんな風に思ってきたかはわかる。心の中の一番きれいで温かい場所で、大事に大事に守ってきたんだろ？　奏の野郎は、それを引きずり出して踏みにじりやがったんだ。しかも、お前が私のダチってだけで」

キレるつもりが、なぜか急に切ないような気持ちになった。あんなに優しかった奏がなんで？　私がなにしたって言うんだよ。文化祭以降考えないようにして、でもずっと胸の底にこびりついていた思いがこみ上げてきそうになる。涙まで滲みそうになり、萌が驚いている。

「僕も色恋はさっぱりだけど、大事に守ってきたものを踏みにじられる、っていうのはわかります。オタクだから。むしろ色恋より、腹が立つかも知れない」

永斗が会話に加わり、沙耶香と萌は目を向けた。正座したまま両手を腿の上に置いて肩を怒らせ、小鼻も膨らませている。

「そういう問題じゃねえだろ。いや、そうでもねえのか？」沙耶香は思い、萌も同感だったのか場に中途半端で間の抜けた空気が流れ、そのせいで張り詰めていたものが緩んだ。

永斗は続けた。

「あとは個人的にことの真相を究明したい。奏は友だちだし、沙耶香さんは兄貴だから。萌さん、協力してもらえませんか？　スマホを見せてくれるだけでいいです」

真剣かつ彼にしてはかなり強気な態度に圧されたのか、萌はクッションを置いて立ち上がった。部屋を横切って机に向かい、引き出しを開ける。取り出したのは淡いピンクのスマホ。戻って来て画面を少しいじり、永斗に手渡した。

「ありがとうございます」

律儀に会釈をして受け取り、永斗はスマホの操作を始めた。

「画面ロックのパスワードを設定していなかったんですか？」

「してたけど、複雑なのだと自分でわからなくなっちゃうから誕生日と出席番号。その代わり、アルバムのアプリを立ち上げたら検知して、シャッター音なしで立ち上げた人の顔写真を撮影するアプリを入れてた。文化祭の日以降は、見るのもイヤで放置してたけど」

「ああ、『覗き魔チェックちゃん』でしょ。この虫眼鏡のアイコンがそうですね」

頷き、永斗は操作を続けた。立ち上がり、沙耶香と萌が隣に移動する。

画面にはアプリが立ち上げられ、「覗き魔あり」「覗き魔を確認しますか？　ＹＥＳ」と縦並びに表示されている。永斗が「ＹＥＳ」のボタンをタップすると画面が切り替わり、小さな写真が縦横にずらりと並んだ。そのほとんどが萌の顔だが、最上段の右端、おそらくは一番最近撮影されたものだけは別の人物のようだ。

「これって」

萌が呟き、永斗は最上段右端の写真をタップした。また画面が切り替わり、写真が大きく表示される。

フレームの細いメガネに、顎の細い顔。奏だった。

「やっぱりか」

沙耶香は言った。さっきの切なさは消え、代わりに体の力が抜けるような感覚に襲われた。永斗と萌は呆然と写真に見入っている。しばらく、誰も喋らなかった。

「萌。学校に来い」

沙耶香が口を開くと、萌が見た。妙にぼんやりした顔をしている。

「先のことは、お前のしたいようにすればいい。でも、今のままじゃダメだ。奏とも、クラスの連中ともカタをつけるんだ」

「けど」

「お前はなにもしなくていいし、言わなくてもいい。ただ、いるだけでいいんだ……私が守ってやるから」

最後のひと言は自然に口をついて出た。同時に「闘うべきリングも相手も、今は代官山にある」という莉奈の言葉が胸に蘇り、力が湧いてきた。

「私たち、です」

隣で永斗が付け足し、萌の目を見て大きく頷いた。

翌朝、萌は登校した。愛羅たち仲間は文化祭の件には触れず、「久しぶりぃ～！」「心配してたんだよ」と彼女を迎え入れ、他のクラスメイトたちもなにも言わなかった。お得意の「なにもなかったことにする」パターンか。

沙耶香は朝一で職員室に行き、村瀬に「みんなに話があるので、帰りのホームルームで時間が欲しい。ジュン先生にも立ち会って欲しい」と頼んだ。理由を知りたがる村瀬に、「文化祭の萌の展示」と言うと困惑気味ながらも許可してくれた。

授業がすべて終わった。帰り支度や部活に行く準備を済ませたみんなの前に、村瀬とジュンが入って来た。

「大友さんからみんなにぃ、話があるそうです。文化祭の水野さんの展示についてぇ」

「文化祭の～」以降は少し言いにくそうに告げ、教室を見渡す。白いワイシャツにスラックス姿、今日のネクタイは赤や緑の幾何学模様を組み合わせたサイケデリックな柄だ。斜め後ろのジュンは濃紺のジャージ姿。少し強ばった顔をしている。

村瀬の言葉に、教室のみんなはざわめき、周囲と顔を見合わせた。萌や沙耶香に視線を向ける子もいる。萌は自分の席に座り、身を硬くして俯いていた。

椅子を蹴り、沙耶香は立ち上がった。通路を進み、村瀬が後ろに下がったので教卓の前に立つ。同時に永斗も席を立ち、教壇に乗った。手にした大きな紙を、碁石《ごいし》に似たマグネットで黒板に貼る。昨日萌のスマホから取り出したデータをプリントアウトしたものだ。大きく引き延ばしたので画像はかなり粗くなっているが、誰の顔かはわかる。画像の下に記録された撮影日時は、文化祭前日の夕方だ。

「えっ。これ、カナタン？」

最初に反応したのは菜央だ。毛先を軽く巻いた髪を揺らし、黒板の写真と窓際の席の後方に座る奏を交互に見る。

「マジで？」

「なんで？」

他にも数人が反応し、ざわめきが広がる。奏はノーリアクション。机に両肘をついて顔の前で軽く両手を組んだ姿勢で、写真を見ていた。

「萌はスマホに、写真アプリを立ち上げると顔写真が撮影されるアプリを入れてたんだ。

奏、お前が犯人なんだろ？　スペアキーを使って職員室のロッカーと教室のドアを開けて、萌の展示物を入れ替えたんだ」

　奏を見て、沙耶香は告げた。永斗と打合せし、心の中でも何度も練習してきた台詞だ。それでも胸はばくばくして、尻込みするような気持ちを感じる。

　ざわめきが一気に大きくなった。沙耶香の後方、黒板の端の前に立ったジュンがパンパンと手を叩き、みんなに告げる。

「はい、静かに」

「ち、ちょっとこれ本当なのぉ？　なんで今朝言ってくれないの。困るよぉ」

　ジュンとは反対側の黒板端にいた村瀬が進み出て来て、沙耶香に訴えた。うろたえた様子で貼られた写真を凝視した後、振り向いて遠慮がちに訊ねた。

「片岡くん。どうなの？」

「はい。全部大友さんの言う通り。やったのは僕です」

　あっさりと、表情も姿勢も変えずに奏は答えた。鎮まったざわめきが大きくなり、またジュンが手を叩いた。

「マジか」

　沙耶香は呟き、ふらつきそうになる脚を教卓についた手に力を込めて支えた。

　頭では受け入れていたつもりだった。しかし本人の口から、しかもこんなにあっさりと犯行を認める言葉を返されるとは改めてショックだ。永斗も同様らしく、呆然と奏を見ている。萌は俯いたまま。さらに身を硬くしたように思えた。

「なんでぇ？　どうしてよぉ？」

信じられないといった様子で目を見開き、村瀬が矢継ぎ早に問うた。奏が返す。

「それが僕の仕事だから。結果的に、みんなのためになるからです」

「『みんなのため』？　なんだそれ。お前の狙いは私なんだろ？　私が気にくわねえんだよな」

脚を踏んばって奏を見据え、沙耶香は切り札を切った。

「ちょっと違うな。きみは異分子なんだよ——ああ、異分子ってわからないか。邪魔者、目障りってこと。きみが来るまで、このクラスは完璧だった。グループの配置も上下関係も、みんながそれぞれに立ち位置やキャラを理解して、危ういけど美しい絶妙なバランスを保ってきた。僕は上から、それを眺めるのが大好きだったんだ。なのにきみ、そういうもの全部無視して『自分』を通しちゃうんだもん」

片手でメガネに落ちて来た前髪を払っただけで、姿勢は変わらず。眼差しもいつものように柔らかい。ただ口調だけがだんだんと早くなり、熱を帯びていくのがわかった。

沙耶香やみんなが黙っていると、奏は続けた。

「始めは誰かが淘汰すると思ったよ。案の定、関内さんのブレスレット事件が起きたし。

でも、永斗っていう崇拝者が現れてきみを救った。これはまあ、彼のキャラや立ち位置的にギリギリ許容範囲内だったけど、水野さんは想定外。見逃せないと思った。だから、きみを排除することにしたんだ」

「だからって、なんで萌を。潰してぇなら、私んとこに来いよ。相手が男だろうが、構いやしねえぜ」

ぶつけた疑問に、奏は肩をすくめた。

「それじゃ逆効果でしょ。ブレス事件の時に言ってたじゃない。『祭』が大好き、『熱くなって盛り上がれりゃなんでもあり』って。だから潰すんじゃなく、周りを攻めて自滅させることにしたんだ……自滅もわからない？　僕、バースデイパーティ事件で電話した時に言ったよね、『自分を消したくなる』。そういうこと」

最後ににっこりと、無邪気に微笑みかけてくる。

沙耶香の胸に、あの時の会話が蘇った。よく通るのに、感情をまったく持たない奏の声。それを聞き、沙耶香は確かに「自分さえ現れなければ」と思い、奏に「私さえいなくなれば、全部元に戻るのかな」と言った。

「全部計算尽くかよ」

思わず呟いてしまい、永斗と最前列の席に座る数名がこちらを見たのがわかった。

胸の中でぐちゃぐちゃに絡み合っていた黒い塊《かたまり》が、するするとほどけていく。でもそれは同時に、沙耶香をひどく混乱させた。

これまでの自分なら、とっくに奏を殴っている。でも、今度はダメだ。奏は「祭」が大好きで、「熱くなって盛り上がれりゃなんでもあり」な自分を利用して、ここまで追い込んだ。いま拳を使えば、型どおりの自分をトレースするだけ。ますます奏の思惑にはまってしまう。

バースデイパーティ事件の後、学校を休んでいた時に感じたもやもやの、その先にいる人間はわかった。でも、ケンカしたくてもできないのは変わらない。それどころか、この先どう立ち向かったらいいのかわからない。沙耶香は「異分子」で、「自滅」を望んだ。全部彼の言葉通りなのだ。

沙耶香は黙り、他のみんなも沈黙した。教室に、張り詰めて殺気立ち、同時に戸惑いと怯えを含んだ空気が流れた。

かすかな衣《きぬ》ずれの音がして、沙耶香は視線を上げた。

永斗が自分を見ていた。唇がぽってりした口をきつく引き結び、大きな目は熱っぽく光っている。

「バカ野郎。それでてめえは、つっぱらかってるつもりかよ」

低く太く、芝居がかった声で告げた。「ら行」を巻き舌にしようとしているが上手くできず、ぎこちなく間抜けな口調になっている。面食らったあと、沙耶香はそれが人気ヤンキーマンガ『湘南爆走族《しょうなん》』・通称「湘爆」に出てくるキャラクターの名台詞の一つだと気づいた。

身を翻し、永斗は歩きだした。教壇を降りて通路を進み、奏の席の脇で足を止める。

「『許容範囲』ってなんだよ。俺のこと、そんな風に見てたのか？」

体の脇に垂らした腕の拳を握り、肩も怒らせて告げる。前髪を払い、奏は首を回して永斗を見上げた。

「そうだよ。だからあれこれフォローしてやったんじゃないか。きみみたいなキャラだって、ここにいていい。にぎやかしっていうのかな。パーツとして、全然アリだと思うから」

「俺はパーツなんかじゃない。俺は人間だ！」

声を荒らげ、永斗は音を立てて両手を奏の机に載せた。びくりと、沙耶香とクラスメイトたち、村瀬とジュンも驚く。萌も顔を上げ、二人を見た。

「『俺は〜』ってやつ、ドラマの『3年B組金八《きんぱち》先生』の台詞のパクリだよな。正しくは『パーツ』じゃなく、『ミカン』だけど」呆然としながら沙耶香が思った時、永斗は言った。

「俺も萌さんも、沙耶香さんだって、クラスの上下関係やら立ち位置やら、イヤってほどわかってる。でも俺らはパーツでも、お前のゲームの駒でもない。優しくされれば舞い上がるし、裏切られれば傷つくんだ」

「だから、そういうことじゃなく」

「うるさい！」

言うが早いか、永斗は片手を上げ奏の頬を打った。ぱしん、と乾いた音が教室に響き、奏のメガネが飛んで傍らの床に落ちた。

「おい！」

思わず沙耶香は声を上げ、手も伸ばしてしまう。しかし永斗は続けた。

「ゴタゴタゆー前によぉ！　てめーのスジ通してみろや！」

「おいおい。今度は『疾風《かぜ》伝説　特攻《ぶっこみ》の拓《たく》』か」そんなシチュエーションではないのだが、思わず沙耶香は心の中で突っ込んでしまう。

ヤンキーマンガやテレビドラマの台詞をつなぎ合わせているだけ。ケンカの経験値の低さゆえ、それ以外に胸のうちをぶつける術がないのだろう。いかにも永斗らしい。

「石原くん、なにするの！」

ジュンが言い、村瀬と教壇を降りようとした。と、奏は片手を上げ「大丈夫」と言うようにそれを止めた。続いて席を立ち、床に身をかがめた。白い頬は左側の叩かれたところがわずかに赤らんでいる。

床に手を伸ばし、奏はメガネを拾い、かけ直した。体を起こしながら、片手で落ちた前髪を掻き上げる。見慣れた仕草に教室のみんながほっとした刹那、どすん。重く鈍い音がして、「うっ」という低い声が聞こえた。永斗が背中を丸めてみぞおちを押さえ、その場に崩れ落ちる。向かいには、中腰のハンパな姿勢で握った右拳を突き出した奏。

「永斗！」

沙耶香が叫ぶより一瞬早く、奏が動いた。永斗の正面に回り込み、右足で脇腹を蹴った。バランスを崩した永斗は奏の前の席に座る女子にぶつかり、床に横倒しになる。短い悲鳴を上げ、前の席の女子が席を立って窓際に逃れた。

あまりに唐突で意外な展開に、その場のみんなの動きと空気が固まった。その間にも、奏だけは動き続けた。制服のスラックスに包まれた細く長い脚を振り上げ、倒れている永斗の腹や胸を蹴る。無言で全くの無表情。だが、蹴りの勢いは鋭く強い。上履きを履いた彼の足が体にめり込む度に、永斗はうめき声を上げ、跳ね上がるように体を上下させた。

「カナタン、やめて！」

沈黙を破ったのは、菜央だった。椅子から腰を浮かせ、引きつった顔で奏たちを見る。それを合図に何人かの女子が悲鳴めいた声を上げ、席を立つ男子も出てきた。ジュンと村瀬も声を上げる。

「やめなさい！」

「片岡くん！」

だが真っ先に教壇を降り、最初に奏たちの元に走ったのは沙耶香だった。奏が永斗に四発目の蹴りを入れようとしている直前だ。

「この野郎！」

腕や脚にしがみついたところで振り払われる可能性が高いので、勢いをつけて脇から体当たりを食らわせた。バランスを崩して奏が通路に転んだので、素早く馬乗りになった。両手で彼のワイシャツの襟をつかむ。

「逆ギレの不意打ち。それがてめぇの筋か？　偉そうな御託《ごたく》を並べやがって、ただのハンパ者じゃねえか！」

言うが早いか右の拳を握り奏の鼻、鼻骨の盛り上がった部分を殴りつけた。がつん、という音とともに、拳に堅く尖った感触と痛みが走った。

「うっ！」

再びメガネが飛び、奏は顔を歪め片手で鼻を押さえた。その指の間から、つつっ、と鼻血が流れる。

一発で相手を黙らせたい時には、鼻骨を拳、または額で攻撃し、出血させる。ツッパリケンカ戦術の初歩の一手だ。

「大友さん、やめなさい！」

後ろから、ジュンに肩をつかまれた。構わず、沙耶香は再び拳を振り上げた。

「まだだ！　今のは永斗の分。まだ萌のが残ってる！」

今度は奏の顎を狙い拳を振り下ろそうとした時、声がした。

「やめて！」

振り向くと、ジュンの斜め後ろに萌がいた。隣には村瀬もいる。

「もういい。全部わかったから。てか、私も片岡くんと同じ。浮いててもギリギリでも、立ち位置があればよかった。このクラスのバランスに満足してる自分がいた。でも大友さんにめちゃくちゃに引っ掻き回されて、文化祭の展示でしがみついてた柱みたいなのも全部吹っ飛ばされて。いま私、なんにもない。立ち位置もキャラもなくしちゃって空っぽだけど、その分すごく楽。なんでもできるし、どんなことでも言えちゃう。そんな気分」

足を肩幅に開いて立ち、ハイテンションの早口。興奮で目は輝き、頬もうっすら紅潮している。

「お前も逆ギレ？　いや、これは開き直りか」言葉を失い、萌を見返すだけの沙耶香の脳裡に、そんな想いがよぎる。

視線を沙耶香の斜め後ろにずらし、萌は続けた。

「ジュン先生が好き。優しくてカッコよくて、でも誰にも似てない。いつもこっちをまっすぐに見て、自分だけの言葉でものを言ってくれる。先生にも好きになって欲しいとか、つき合いたいとか、そんなんじゃない。ただ、先生みたいな人がいる、ってことが嬉しかった。姿を見てると安心できた。だから写真を集めてたの。悪い？　あり得ない？　でも、私は全然平気……あ、隠し撮りは悪いか。先生、ごめんなさい」

最後は自分で自分に突っ込みを入れ、ぺこりと頭を下げた。振り向き、じっと萌を見返していたジュンは、口を開いてなにか言いかけ、やめた。そして一瞬考えるような顔をした後、沙耶香の肩から手を放し、萌に向き直った。

「ううん、いいのよ。ありがとう。水野さんの気持ち、とっても嬉しい。でも、いろろ気づいてあげられなくてごめんね」

ふるふると、萌は首を横に振り、さらに言った。

「伝えられて、すっきりした。本音を言うのも聞くのも、すっごく怖いけど気持ちいいね。こういうの、自由っていうのかな」

そして最後に、ちょっと照れ臭そうに視線を沙耶香に戻す。その眼差しを受け、沙耶香の心と体にちょっと前までの怒りや憎しみとは違う力と熱が広がっていった。

拳を下ろし、沙耶香は奏を見た。

「おい。なんか言うことねえのかよ」

奏は無言。目は落ちてきた前髪で隠れ、鼻から下は手のひらで覆われているので表情

る。
は窺い知れない。
立ち上がり、沙耶香は永斗の元に行った。かがみ込んで顔を覗き、背中をさすってや
「大丈夫か？」
横倒しになって背中を丸め、苦しげに眉を寄せたままだが永斗はこくりと頷いた。そ
れを見届け、沙耶香は体を起こし、クラスのみんなに向き直った。
「お前らも、言うことはねえのかよ。永斗も萌も、奏だって腹の中のもん、全部ぶちま
けたぜ。これでも『なかったこと』にできるのか？」
沈黙。それでも沙耶香は姿勢を崩さず、並ぶみんなの顔に何度も視線を行き来させた。
その間にジュンが永斗に、村瀬が奏の元に向かい、傍らにかがみ込んで声をかけたりハ
ンカチを渡したりした。
「責めてるんじゃない。お前らみんな、加害者だけど被害者なんだ。立ち位置だかバラ
ンスだかを維持するために、それぞれちょっとずつ傷ついて傷つけて。目に見えねえも
んに振り回されて、自分で自分をがんじがらめにしてきたんだ。そんなもん、ぶっちぎ
っちまえ。ビッとしようぜ！」
「うわ。ヤンキーってホントに『ビッと』って言うんだ」
ぼそりと、誰かが呟いた。菜央だ。眉をひそめ、沙耶香の顔を見ずに自分の席に戻る。

「何度言わせるんだよ。私はヤンキーじゃねえ。ツッパ――」

「てか、カナタンにはどん引き。あんなヘボいビンタ一発にキレてボコボコに蹴るとか、あり得ない。でしょ?」

首を突き出し、周りを見回す。

「うん。逆ギレとか、イメージ違うし」

「だよね。水野さんの件も、そこまでやるか、っていうか、ぶっちゃけキモい」

まず同じグループの仲間たちが同意し、続いて他の子たちも喋りだした。みんな奏を批判し、萌に同情するような言葉を口にしている。

後ろで気配があり、沙耶香は振り向いた。奏が立ち上がっていた。傍らには体を起しはしたが座ったままで、上半身をかがめてお腹をさすっている永斗もいる。

「なんだそれ。誰のお陰でこのクラスが成り立っていたと思ってるんだ。きみたちだって、あのバランスを享受して、空気にどっぷり浸かっていたじゃないか。たった一人の、田舎者の転校生の言葉を受け入れてしまうのか?」

切羽詰まったような早口。鼻の痛みとハンカチのせいで呂律が上手く回らず声もくぐもっているが、奏の焦りと憤りが伝わってきた。しかしその訴えは菜央の、

「ウザ」

の一フレーズでばっさりと斬り捨てられた。他のみんなも批判的な眼差しと言葉を向

けるだけだ。

さらになにか言おうとした奏を遮り、沙耶香は告げた。

「てかお前、他に言わなきゃいけねえことがあるんじゃねえのか?」

相変わらず髪とハンカチのせいで表情はわからないが、奏が怪訝そうに見返すのがわかった。

「まず『ごめんなさい』だろ。萌に永斗……私はどうでもいいけど」

最後の「私は〜」は独り言めかして付け足し奏を見て、沙耶香は固まった。奏も固まっている。そして無言。しかし全身から、「?」という疑問符が発せられているのが感じられた。

「なぜ自分が謝罪しなくてはいけないのか」という理不尽さでも、「いま、ここで?」というプライドでもない。心の底から「ごめんなさい」という言葉の意味も必要性も理解していない、彼という人間の中には存在しない。それがはっきりと伝わってきた。

ぞわり、と強い寒気が沙耶香の体を貫き、肌が粟立《あわだ》つのがわかった。

「こいつ、ヤバい」どんなタイマンや抗争でも感じたことのない恐怖を、沙耶香は感じた。体の芯が冷え、目眩《めまい》も覚える。

ぎゅっ、と脇から肩をつかまれた。首を回すと、永斗。ジュンに背中を支えられながら立ち上がり、沙耶香を見ている。なにか言いたいようだが、お腹や胸が痛むのか言葉が出てこない。肩をつかむ手も、メッセージを伝えようとしてくれているのか、ただ単にふらつくのでつかまっているのか、わからない。それでもその手の温もりはありがたく、奏に奪われたものが少しずつ戻ってくるのが感じられた。

「とにかく保健室に行かないとぉ。加藤先生、石原くんも連れて来て下さい。みんなはそのまま待機。すぐに戻って来るからぁ」

その場の誰よりも取り乱した様子で村瀬が告げて、奏のメガネを拾い、背中に腕を回してドアに向かった。永斗を連れたジュンも続く。クラスのみんなが一斉に席を立ち、それぞれのグループの定位置に向かった。しかし沙耶香と萌はその場に立ったまま、教室を出て行く奏の制服のブレザーに包まれた背中を見つめていた。

14

亜樹美の鼻歌が、「ホワイトクリスマス」から「恋人がサンタクロース」に変わった。古い歌だが、カラオケでさんざん聞かされているので、沙耶香にはわかる。

「完成！　どうよ、これ？」

そう言って振り向き、目の前のクリスマスツリーを指す。本物の樅の木ではなく、プラスチック製だが高さは二メートルちょっとある。雪の結晶やミラーボールなどたくさんのオーナメントで飾られ、緑色のコードに色とりどりのＬＥＤ電球が並んだイルミネーションライトも巻き付けられて点滅している。

「いいんじゃね。強いて言えば金とか銀とか、光り物がちょっと足りないかな」

ダイニングテーブルでトーストを囓りながら、沙耶香は返した。ブレザーを脱いだ制服姿で、ワイシャツの上には濃紺でＶネックのニットのベストを着ている。前から見るとごく普通だが、背中には「仁義」の文字が金糸で大きく刺繍されている。

「あ、やっぱ？　なにしろ慌てて準備したからさ。ダーリンてば急に、『クリスマスには帰るよ』って連絡寄こすんだもん。イブまで三日しかないじゃない」

グチりながらもリビングを横切ってこちらに来る亜樹美の足取りは軽く、顔もにやけている。ダンガリーシャツに淡いグレーのカシミアのニット、黒いレギンスと、表紙のタイトルが赤い文字のファッション雑誌風味の出で立ちだが、靴下は綿素材の深紅。若かりし頃の亜樹美が「曲と踊りに血がたぎった」と言い、沙耶香も散々ＤＶＤを見せられたパフォーマンス集団「一世風靡《いっせいふうび》セピア」のトレードマークが、ダボッとしたスーツに黒革靴、深紅の靴下だった。

「でも、よかったじゃん。しばらくこっちにいられるんだろ？　二人で温泉でも行ってくれば？　新婚旅行もまだなんだし」

「あら。嬉しいこと言ってくれるじゃない。ダーリンは、『沙耶香ちゃんに会うのも楽しみ。学校生活がどんなか聞いてみたい』とも言ってたわよ」

「どんなって。まあ、『お陰様で、良くも悪くも盛りだくさん』って感じだけどな」

ため息交じりに応えてマグカップのコーヒーをすると、亜樹美は向かいの椅子に座った。

「いろいろあったもんねえ。けどあんた、こっちに来てからちょっと大人っぽくなったわよ。ツッパリ流に言うなら、『箔《はく》が付いた』っていうの？」

「ふうん。自分じゃわかんねえ、っていうか、いまだに『なにがなんだか』だよ」

「それでいいの。迷ってもがいて、ジタバタするのがあんたら若い者の仕事。そう簡単に、『自然体』だの『ありのまま』だの言わせないよ」

「私はともかく、道を極めてえよ。どの道かもわかんねえし、極道になる訳でもねえけどな」

「おう。極めろ極めろ。仏恥義理《ぶっちぎり》で突き進め」

さんさんと朝日が差し込む自由が丘のマンションのリビングと、「極道」「仏恥義理」というフレーズのギャップがすごいが、沙耶香も亜樹美も気づかない。室内は床暖房でほんのりと暖かく、壁際の加湿器からは白い湯気が勢いよく噴き出されている。

午前八時。沙耶香は家を出た。東急東横線で代官山まで行き、駅を出る。学校への道は、今日も代官山学園の生徒の他、大勢の人が歩いている。ニットキャップにマフラー、ダウンジャケットを着込んで白い息を吐きながらも、ボトムスはハーフパンツという「寒いのか暑いのかはっきりしろ」という出で立ちの男や、「それ、パジャマの上に着るガウンだろ」と声をかけたくなるようなデザインのコートを着た女など、相変わらず沙耶香には理解不能な格好の人が目立つ。

代官山学園の校舎沿いの道を歩いていると、永斗と萌に会った。二人とも制服の上にピーコートを着て、肩にスクールバッグをかけている。

「放課後、付き合ってくれねえか。大友さん、つまりおふくろの旦那へのクリスマスプレゼントを買わなきゃいけねえんだよ。おふくろに『なんでもいいから用意しなさい』って言われちまってさ」

挨拶を済ませたあと切り出すと、永斗が頷いた。

「いいですよ。どこに行きます？」

「池袋、じゃなきゃ上野《うえの》はどうだ？　あとは新宿」

「あり得ない。その三カ所なら、パス。絶対行かない」

眉をひそめ、嫌悪感をあらわにしたのは萌だ。寒いのか、顔の鼻から下をマフラーですっぽり包み、両手をコートのポケットに入れている。

「なんでだよ。いいじゃねえか。東京の盛り場でも、その三カ所だけは落ち着くんだよ。センスに合うっていうか、私を拒否してねえっていうか」

「その『センス』を断固『拒否』。終わってるっていうか、『始まってもいねえよ』って感じ」

「おっ。それ、映画の『キッズ・リターン』の名台詞だろ？　私が薦めて、永斗がDVDを貸してやったやつ。だよな、永斗？」

「ええ。正確には『始まっちゃいねえよ』ですけどね。ご覧になったんですか？　素晴らしかったでしょう」

沙耶香と永斗に左右から問われ、萌はうろたえたように手をポケットから出し、マフラーを引き下げた。

「う、うるさい！　家のリビングに置いてたら親が勝手に見ちゃって、つい私も——もう、どうでもいいでしょ！」

騒ぐだけ騒ぎ、萌は駆けだした。引き止めと冷やかしの言葉を口にしながら、沙耶香と永斗がそれを追いかけて行く。何ごとかと、他の生徒たちが三人に目をやる。

文化祭の件でホームルームを開いた日から、二カ月が過ぎようとしていた。あのあと間もなく、奏は代官山学園を去った。村瀬曰く、「もともとアメリカの大学に進学を予定していたから、時期を早めてあちらの高校に転校した」そうだ。沙耶香はもちろん、永斗や他のクラスメイトにも、挨拶はもちろんメールや手紙などもなかった。

それ以外、二年C組に変わりはない。グループ分けも、教室内でのそれぞれのたまり場もそのまま。永斗はオタク仲間、萌は愛羅たちと行動を共にし、沙耶香とも付き合っている。でも永斗と萌が言うには、「あの一件の後、仲間たちの態度がちょっと変わった。引かれて距離を置かれてるようでもあり、一目置かれているようでもあり」らしい。


放課後になった。沙耶香、萌、永斗の三人が「どこで買い物をするか」を言い合いながら下駄箱で靴を履き替えていると、菜央がやって来た。茶髪の男子、颯汰も一緒だ。

「なんだ。なんか用か」

思わず身構え、沙耶香は二人を見返した。菜央は胸の前で腕を組んで立ち、颯汰はその後ろにいる。

「じきに冬休みだし、一応言っておこうと思って。春のブレスレット事件なんだけど」

指先で軽く巻いた長い髪の先をいじりながら、菜央が話しだした。依然チークは濃いが、オレンジではなく淡いピンクに変わっている。

「おう、あれか。どうした？」

「実はあのブレス、事件のちょっと後に私のところに戻って来てたの。盗った、ってか持ち出した子が返してくれて」

「マジかよ!?　『持ち出した子』って誰？」

「俺で〜す」

菜央の脇から顔を出し、颯汰が手を上げた。笑顔で、軽いノリ。罪悪感をごまかそうとしているのか、全然悪いと思っていないのかはわからない。

呆気に取られ、沙耶香、萌、永斗が颯太を見ていると菜央は話を続けた。

「なんか、大友さんがウザいからちょっと意地悪してやろうと思っただけなんだって。それがあんな大騒ぎになっちゃって。で、焦って返しに来たの」

「てめぇ——てか、お前もお前だ。犯人が名乗り出てきたなら、なんでこっちに知らせなかったんだよ」

颯太を絞め上げようとしてやめ、菜央に詰め寄る。

「だって、大友さんを犯人って決めつけてさんざん責めちゃったし。言い出しづらいじゃん」

「『づらいじゃん』って。ふざけんなよ」

「ふざけてないわよ。だから『なかったこと』にしないで、謝りに来たんじゃない」

「謝る？　なら言うことがあるんじゃねぇのか」

足を肩幅に開き、沙耶香も腕を組んだ。スチール製の下駄箱が並ぶ空間に一瞬緊張した空気が流れ、萌と永斗が沙耶香と向かいの二人を交互に見る。

「ごめん」

ぺこりと、颯汰が頭を下げた。素っ気ない早口だが、表情は真剣だ。続いて、菜央も顎を突き出すようにして、申し訳程度に会釈をした。

「ごめん」

「『なさい』は？　それで謝ってるつもりか。本当なら短刀《ドス》で指の一本も詰めて……は、やりすぎだとしても、土下座して相応の筋を」

沙耶香はややうわずり気味に憤りをぶちまけたが、菜央は平然。制服のブレザーのポケットからスマホを出し、画面を操作して沙耶香の顔の前に掲げた。

「これ見て」

言われて目を向けると、青空に白い雲が浮かぶCGイラストの地に、マンガの吹き出しのような横長の枠が複数表示されている。ＬＩＮＥだ。画面の上部には、白い文字で「二年Ｃ組の愉快な仲間たちＮＥＯ（35）」とあった。

「新しいグループをつくったの。これ、35を38にするから。大友さんたちも手続きしてよね」

「あ？」

意味がわからず睨むように画面を見るだけの沙耶香に対し、萌と永斗は驚いて顔を見合わせた。進み出て沙耶香の肩越しに画面を覗きながら、萌が説明する。

「わからない？　かすみと片岡くんが転校して、うちのクラスはいま三十八人。35を38

にするってことは、私たち三人をメンバーに誘ってくれてる、って意味よ」

「はあ。で？」

理屈はわかったが意味がわからずにいると、もどかしげに永斗も進み出て来た。

「いいですか？　『愉快な仲間たち』ですよ？　そこに加えてくれるってことは」

「とにかく、そういうことだから」

永斗を遮って告げ、菜央はスマホをポケットに戻した。そして沙耶香たちの方を見ないようにして颯汰に、

「行くわよ」

と告げ、身を翻した。ふてぶてしい口調と表情。しかしその頰は、塗りすぎのチークとは別にわずかに赤らんでいる。萌と永斗は興奮した様子で言葉を交わしながらそれぞれのスマホを取り出し、沙耶香はぽかんとしたまま、すたすたと歩き去って行く菜央と颯汰の後ろ姿を見送った。


その後、三人で渋谷に移動した。萌が「他の場所なら付き合わない」と言い張るので、仕方なくだ。だが、入った店は道玄坂の『ファンキー・ボーテ』。

「これなんかどうだ？」

そう言って、沙耶香は振り返った。片手には派手な造花のレイ、もう片方の手にはフ

エルト生地でできたサイコロのマスコットを持っている。見返した永斗は無言。萌は「あり得ない」と呟いて、顔を背けた。二人ともスクールバッグを胸に抱き、狭い通路に身を縮めるようにして立っている。今日も店内にはＪ－ＰＯＰのアイドルソングが流れ、若者や水商売風の男女、外国人でにぎわっていた。

「おふくろの旦那って、実はドライブ好きらしいんだよ。だから、バックミラーに下げるアクセサリーとか喜ぶんじゃねえかと思ってさ……あ、じゃあボアの布にするか。ダッシュボードの上にこう、バ～ッと敷き詰めて」

「勘弁してよ」

うんざりした様子で告げ、萌が沙耶香の脇を抜けて通路を進んだ。永斗が続き、沙耶香も手にした品を棚に戻して付いて行く。

「あ、これ」

しばらく進んでから、萌が一つの棚の前で足を止めた。沙耶香たちも近づく。

棚には陶器のマグカップが並んでいた。どれも有名ファンシーキャラクターのイラストが印刷されていて、傍らには「お名前やメッセージを入れられます！」のＰＯＰ。夏に永斗と、萌の誕生日プレゼントを買いに来た時と同じだ。

それぞれの頭に麻布十番のカラオケボックスでの一件が蘇り、場に気まずく収まりの悪い空気が流れた。と、永斗が手を伸ばしてカップの一つを取った。

「一個ずつ買って、交換しませんか？　ちょっと早いクリスマスプレゼント。それぞれ内緒で柄を選んでメッセージを入れる、ってことで」

「おっ。永斗、冴えてるな。そうしようぜ。萌、いいだろ？」

沙耶香もカップの一つを取り、早口で問いかける。

「……いいけど」

ちょっと不機嫌そうに、でも頷いて萌も別のカップを手にした。

買い物を済ませて店を出たのは、五時過ぎだった。既に日は暮れ街灯が点り、建ち並ぶビルやショップの外壁やショーウィンドウはクリスマスのイルミネーションが施されている。

沙耶香たちは行き交う人の間を縫って歩道を横切り、ガードレールの前まで行った。

「ほらよ。メリークリスマス」

まず沙耶香が、永斗に紙箱を差し出した。腋《わき》の下には、大友へのプレゼントの包みをはさんでいる。結局ジャージを選んだ。以前永斗が萌に贈った、犬の顔が刺繍されたブランドのものだ。

「ありがとうございます」

律儀に頭を下げ、永斗は受け取った箱を開けた。黄色く太った有名なアニメキャラクターのクマのイラスト入りで、下にはいかつい墨の文字で「兄弟盃」と入っている。

「え～っ！　盃をいただけるんですか⁉　ありがとうございます。これで正式な舎弟、弟分ですね」

　両手でカップをつかみ、はしゃぐ永斗を着飾った若いカップルが訝しげに眺めていく。ひとしきり騒いでから、今度は永斗が紙箱を萌に渡した。

「どうぞ」

「ありがとう」

　受け取って、萌は箱を開けた。現れたのは頭が大きく、口が×印のウサギのキャラクターのカップで、下には丸みを帯びたポップな書体で「OJIKI」と入っている。

「あえて英語にしましたけど、正しくは『小父貴』ですから。その筋の方々の用語で、自分の兄貴分の兄弟で、やや格上の人を指します。僕の兄貴は沙耶香さんですから、人間関係的にはそう間違っていないかと」

　左の手のひらに右手で「小父貴」と書き、熱っぽく解説を加える。

「ありがと」

　脱力して返し、萌はウサギのカップを紙箱に戻してスクールバッグに入れ、別の箱を取り出した。

「ほら」

　つっけんどんに言い、沙耶香に差し出す。

「お、おう」

どぎまぎしながら受け取り、沙耶香は箱を開けた。取っ手をつかんで持ち上げると、印刷されているのは日本一有名なネコのファンシーキャラクター。深紅の特攻服姿でウンコ座りをし、振り向いてこちらに中指を立てている。特攻服の背中には「本気親友」の金色の文字。イラストの下には紫地に黒のゼブラ柄で、「SAYAKA & MOE」の文字入りだ。

「これって」

顔を上げ、思わず萌を見る。

「ただのロゴだし。大した意味ないし、なんでもよかったし」

さらに乱暴な口調で、つんと顎を上げて横を向く。しかし耳の縁は真っ赤だ。

「そうかよ」

敢えて沙耶香もつっけんどんに返す。そうしないと、胸にこみ上げてきた熱いものが涙になって、目から溢れてしまいそうだったからだ。

頭の中に、この春転校して来てから今日までのことが、猛スピードで再生された。ハンパないアウェー感、見えない敵、自分を消してしまいたいとすら思った。

「とにかく、ツレをつくりなさい。そうすりゃ、なんとかなる」最後に頭に響いたのは、亜樹美の声だった。

「うん。確かになんとかなる」

カップをしっかりと抱き、洟《はな》をすすり上げて呟いた沙耶香を萌が怪訝そうに見る。すると、永斗が言った。

「僕、飲み物を買って来ます。さっそく乾杯という名の兄弟盃を交わしましょう」

そして、沙耶香たちの返事も聞かずに歩道を走りだした。

永斗は自販機で買ったコーラの缶を手に、すぐに戻って来た。ティッシュで中を拭き、それぞれのマグカップにコーラを注ぎ合う。

「決めたよ。私、やる。あいつらを、二年C組を変えてみせる。立ち位置とか上下関係とかぶっ壊して、『ごめん』の後に『なさい』を言えるクラスにするんだ」

カップを手に萌、永斗と向き合い、沙耶香は言った。

「またデカいこと言っちゃって」

「いいですね。で、取りあえずなにをします？」

「そうだな。クラスの連中全員と一度は喋って、名前を覚える。あと誕生日も」

大真面目に答えたが、永斗は、

「そこからですか」

とずっこけ、萌は、

「全員の誕生日って。林家《はやしや》ぺー？」

と突っ込んだ。そのテンポのよさが心地よく、沙耶香のテンションはぐっと上がった。

「いいだろ。お前らも一緒にやるんだぞ。マブダチと舎弟なんだからな。よし、まずは乾杯だ」

「了解です！」

「仕方がないわね」

永斗は目を輝かせ、萌は嫌々という顔をつくりカップを持ち直す。沙耶香も持ち手を握り直し、カップを持ち上げた。

「いくぞ。一、二の三」

「乾杯！」

声が重なり、かちん、と軽い音がして三人の間で三つのカップがぶつかり合った。そしてコーラを一口飲む。

「キタ〜！　旨っ！」

永斗が感に堪えないという様子で首を振り、沙耶香も、

「か〜っ。滲《し》みるな〜」

と大袈裟に眉を寄せて見せる。

「二人とも、オヤジ？」

最後に萌が突っ込み、三人で笑った。また怪訝そうに、通行人が目を向けてきたが三人は構わず笑い、喋り続けた。その声は雑踏に紛れ、渋谷の夜空に吸い込まれていった。

解　説

吉田大助

二〇一七年一月、ロンドンで撮影された一枚の写真が日本のSNS界隈《かいわい》を賑わせた。「ロンドン・ファッション・ウィーク・メンズ」と称されるコレクション期間中に街角スナップされた、おしゃれさん達のフォトライブラリーにあがったその一枚は、スキンヘッドの青年の後ろ姿をフルショットで捉《とら》えている。深緑色のロング丈のコートにほどこされている、大きな刺繍に自然と目が留まる。上半身はオレンジピンクの魚が花々と泳ぎ、下半身には縦読みで「天上天下　唯我独尊」。……特攻服じゃん！

実は、精神科医にしてヤンキー研究家・斎藤環《さいとうたまき》が言うところの、日本のヤンキーカルチャーにおける「バッドセンス」が今、西欧諸国を席巻している。例えば、GUCCIの二〇一七年春夏コレクションのメインアイコンは、虎だ。ワンポイントどころか全面に、入れ墨をまとうようにプリントされたジャケットやトレーナーが、おしゃれさん達にウケている。カタカナで「グッチ」とプリントされたうちわが、日本円にして税込み二万八〇八〇円で販売されたことからも明らかなように、日本文化から大きな影響を受けたデザインだ（でか文字&派手なアニマルプリントがトレードマークとなっている、日本発のファッションブランド・KENZOの存在が背景にアリ）。

ファッション界全体がノームコア（究極の普通）へと傾いていったここ数年からの、反動という面は強いだろう。写真に特化したSNS＝インスタグラムとの相性が良い――「インスタ映え」することも大きかったに違いない。何はともあれ、みんなもっともっとおしゃれがしたかったのだ。人とは違う己の道を行く、という意味でのおしゃれが。

「小説すばる」二〇一六年五月号から八月号にかけて連載され、このたび文庫刊行された加藤実秋の最新長編小説『学園王国《スクールキングダム》』の主人公も、バッドセンスのおしゃれを地で行く人物だ。埼玉の公立高校から、東京最大のおしゃれタウン・代官山《だいかんやま》にある「私立代官山学園高等部」の二年C組に転入して来た、大友沙耶香《おおともさやか》。クラスメイトに向けた第一声は、応援団立ちをして巻き舌で「夜露死苦」。そこへ、客観的な視点から、沙耶香のいでたちを描写（実況中継）する文章が入り込む。

〈身につけている制服は他の生徒と同じだ。しかし沙耶香はワイシャツのボタンを外してネクタイをゆるめ、ブレザーの袖は二つ折りにして、紫のヒョウ柄の裏地を覗《のぞ》かせている。スカート丈は他の女子生徒が膝上なのに対し、足首が半分隠れる超ロング。毛先をすいたミディアムショートの髪は金色に近いライトブラウンで、唇には黒い口紅を重

ね塗りしていた〉

登場人物たちがみなスマホを持っていることからも、二〇一〇年代の現代の物語であることが証明された世界観にすっくと立つ、孤高のバッドセンスの持ち主だ。しかも高校は「東京でも一二を争うブルジョア校」で、セレブなお坊ちゃまお嬢ちゃま揃い。孤高性が、さらに際立つ。

沙耶香は周囲から白い目で見られても気にしないが、ヤンキー、という声には反発する。「ヤンキーじゃねえ、ツッパリだ！」。見た目は確かに似ているかもしれないけれど、中身が違うと言う。「どっちも『不良』にゃ違いねえんだけど、向こうが横並びの『絆』がキモ、ってんなら、こっちは完全縦社会の『掟』と『面子《メンツ》』が命」。

歴史が証明している通り、八〇年代終わりのバブル経済勃興&破滅と共に、「ツッパリ」は「ヤンキー」へと移行していった。その裏に何があったのかは諸説入り乱れるが、ここで大事なことは、沙耶香はどこからどう見ても「時代遅れ」と称される服装をしていることだ。その服装に紐づいた「時代遅れ」の精神性を保持している彼女は、外面的にも内面的にも「現在」から浮きまくっている。この構図、まずはギャップ・ギャグとして抜群の魅力を放つ。「隙あらば！」と差し込まれる、八〇年代ネタも笑いを誘う。

おしゃれタウンを練り歩き、電車に乗って辿り着いた我が家は自由《じゆう》が丘《おか》にある豪華なマンション……という設定も、主人公のギャップ度を高めている。専業主婦の母・亜樹《あき》美《み》（「おふくろ」）は元武闘派のツッパリで、一人娘に対するアドバイスは、「とにかく、ツレをつくりなさい。そうすりゃ、なんとかなる」「男なら彼氏、女なら親友になればいい。きっかけはなんでもいいの。なんなら、ケンカやカツアゲでもＯＫ」。再婚した大金持ちの父は、長期の海外出張中。母子一体のシェルターとしての家が、外で得た傷を癒やすとともに、外へと再び飛び出していく力をチャージさせてくれる。亜樹美が登場するシーンの「待ってました！」感が、それを証明しているだろう。

強烈な主人公を真ん中に据えているからこそ、主人公との距離感の違いによって、登場人物たちの個性もバリエーション豊富なものとなる。クラス委員で何かと世話を焼く片岡奏、普通人代表で沙耶香に「ツレ」認定されて困惑する水野萌、ことあるごとに対立するギャル風メイクの関内菜央、沙耶香を崇拝し「舎弟」に立候補する石原永斗、謎めいた言動を繰り返す触角ヘアの木村かすみ……。

ところで、本書のタイトルを間違って認識している人はいないだろうか？「学園天国」ならば、一九七四年に発売されたフィンガー５の代表曲を、一九八九年に小泉《こいずみ》今日子《きょうこ》がカバーしたバージョンが有名だ（作詞・阿久悠《あくゆう》、作曲・井上忠夫《いのうえただお》）。が、本書のタイトルは「学園王国」。カタカナで「スクールキングダム」とルビが振られている。この名付けには、八〇年代の学園空間にはなかった（潜在化していた）が、二〇一〇年代にはある、ひとつのテーマ性へのシグナルが感じられる。「スクールカースト」だ。

「王国（キングダム）」の一語も、このテーマと直接関わっている。このクラスの王は誰だ、「頭」は誰だ、という意味で。

見た目からして異分子である沙耶香は、二年C組の内部に敷かれている、ざっくりとした「上」「下」「真ん中」という階級の外に立つ（作中表現を借りれば「部外者」）。そんな立場にいる人間だからこそ、見えるものがある。「当たり前」とされていることの、異常性だ。「キャラ」や「立ち位置」に縛られて窮屈になっているクラスの空気を、変えることはできないか？　沙耶香がそう思う頃には、「ギャップ・ギャグ」として始まった物語が、第二形態へと移行する。特異すぎる個性を持った主人公が、その個性を最大限発揮することによって所属するコミュニティの状況を塗り替える、「ブレイクスルー・ストーリー」へと。

批評家の大塚英志《おおつかえいじ》は、著書『感情化する社会』（太田出版）収録の論文で、前世紀末から日本の文学作品の中に「スクールカースト的主題」が採り上げられるようになった系譜を辿りつつ、近年の主人公像は「観察」を志向するようになっていると指摘する（「スクールカースト文学論」）。物語的にも主人公の「個人」的で「感情」的な変化が試みられるばかりで、スクールカーストを生み出す「システム」そのものを転覆させようとする、「革命」への志向がない。

もちろん、そのメンタリティこそが「現代」の巧みな素描である。そこを踏まえて、そのリアリティを丁寧に作中に取り込んだうえで、「革命」を起こすことはできないのか？　できる、と小説家は言う。二〇一〇年代の空気が過剰に渦巻く学校空間に、八〇年代的バッドセンスを身にまとわせた主人公を放り込めばいい。外面的にも内面的にも「時代遅れ」な彼女だからこそ、「革命」を志向することが、できる。

　もしも自分一人だけだったら、彼女の内なる炎も消えてしまっていたかもしれない。彼女のそばには、弱い自分を見せられる「お袋」がいて「ツレ」がいて、「舎弟」がいた。そして彼女は、自分のために放たれた言葉をちゃんと受け止められる、素直な心の持ち主なのだ。「なにがあったにせよ、気に入らないなら立ち去るか、闘って変えるかしかないんじゃね？」。実行したのは彼女だが、火を絶やさないよう見守ってくれていた仲間もまた、「革命」の当事者だ。

「今」という時代の空気感や、主人公が感じる「時代遅れ」の痛みをちゃんと描きつつも、全編を通して笑いや軽やかさが満ちていて、ミステリの仕掛けを駆使した「ブレイクスルー・ストーリー」としての快感は鮮やかで晴れやか。シリーズ化も期待できる魅力と可能性を兼ね備えた、主人公＝物語が誕生した。

　最後に、著者の紹介をしたい。加藤実秋は一九六六年生まれ、東京都出身。渋谷のホストクラブを舞台にした「インディゴの夜」で第一〇回（二〇〇三年度）創元推理短編賞を受賞し、同作を表題に掲げた短編集が二〇〇五年に刊行され本格デビューを遂げた。

テレビドラマ化&舞台化もされた同シリーズは、二〇一七年三月末現在、第六作まで刊行済み。三作まで刊行済みの「モップガール」シリーズ、四作まで刊行済みの「テディ」シリーズも含めた三つのシリーズは、いずれも最新作で大きな展開点を迎えている。シリーズ全体を通した「大きな物語（謎）」の動かし方が、実に巧みな人だ。

生年から明らかなことは、一〇代半ばから終わりにかけて、八〇年代カルチャーを浴びるように育ってきたということだろう。その蓄積が初めて全面展開されたのは、二〇一〇年に発表された長編『風が吹けば』だった。現代に暮らす高校二年生の主人公・健太が、ひょんなことから一九八四年にタイムスリップし、恋愛絡みのトラブルに巻き込まれながらも、その時空で特別な関係性を築く。著者にとっても特別だったに違いない同作の執筆体験と、そこで得た自信、野心が、『学園王国』を書くきっかけとなったのではないか。八〇年代の精神性を、「今」にぶつけてみたらどうなるだろうか、と。

これから代官山を歩く時は、沙耶香の姿を思い出すことになるだろう。自分が所属しているコミュニティに不具合が生じ、変えなければいけないと「革命」を志した時にも、きっと。

（よしだ・だいすけ　ライター）

本書は、「小説すばる」２０１６年5月号〜8月号に
連載されたものを加筆・修正したオリジナル文庫です。

加藤実秋の本

インディゴの夜

人気急上昇中の渋谷の個性派ホストクラブ、「club indigo」。だが、常連客が殺され、オーナーの晶は、くせ者揃いのホストたちと共に解決に奔走することに！　特典満載の新装版！

チョコレートビースト
インディゴの夜

売れっ子ホストばかりを狙う通り魔事件が発生。歌舞伎町No.1ホスト・空也に頼まれ、事件を調べる晶たちだが!?　個性派ホストたちが、謎を追って夜を駆け抜ける。人気シリーズ第2弾！

加藤実秋の本

ホワイトクロウ
インディゴの夜

インディゴの人気ホスト・犬マンは、よく立ち寄る公園でホームレス画家の青年と交流を深めていた。だが、彼が殺人事件の容疑者になり⁉ ホストたちの恋や素顔を描くシリーズ第3弾！

Dカラーバケーション
インディゴの夜

クールな現代っ子の新人ホストたちも加わり更にパワーアップした「club indigo」。謎だらけのマネージャー憂夜の素顔に迫る表題作ほか全4編を収録したホスト探偵団シリーズ第4弾！

集英社文庫

加藤実秋の本

ブラックスローン
インディゴの夜

常連客が殺された事件を追ううち、ネット上に「もう一つのindigo」が存在している事を知る晶とホストたち。ネットとリアルの両方から犯人探しを進めるが……。人気シリーズ初長編！

ロケットスカイ
インディゴの夜

凶器を持った男たちが主力ホストを人質に取って店に立てこもる事件が発生。２部の若手たちが解決に当たるが⁉　そしてあの人気ホストが大きな決断を——。波瀾万丈の第６弾！

集英社文庫

学園王国《スクールキングダム》

2017年4月25日　第1刷　　定価はカバーに表示してあります。

著　者　加藤実秋《かとうみあき》

発行者　村田登志江

発行所　株式会社 集英社
東京都千代田区一ツ橋2-5-10　〒101-8050
電話　【編集部】03-3230-6095
【読者係】03-3230-6080
【販売部】03-3230-6393(書店専用)

印　刷　凸版印刷株式会社

製　本　加藤製本株式会社

フォーマットデザイン　アリヤマデザインストア　　マークデザイン　居山浩二

ISBN978-4-08-745575-5 C0193